D

10 9
a

D^2 (Par Pierre Jurieu).

(Rome 136 B.

8592.

TRAITÉ

ex libris DE LA *Recollectorum*

DEVOTION.

Conventus *Parisiensis*

Se vend à Quevilly,

Par JEAN LUCAS , demeurant à
Roüen , ruë aux Juifs , prés la Maison
de Ville.

M. DC. LXXV.

A

MESSIEURS

LES

MINISTRES,

ANCIENS CHEFS DE
Familles, & Membres de l'E-
glise Réformée de Vitry le
François.

MESSIEURS & tres-ho-
norez Freres,

Je n'ay pas hésité sur le choix des
personnes à qui je devois dédier ce
petit Ouvrage. Vous m'estes venus
d'abord en l'esprit, & je me suis sou-

venu de toutes les marques d'amitié
que vous m'avez données durant le
sejour que j'ay fait entre vous. Il n'a
pas esté long ce sejour, la providence
de Dieu nous a séparez presque aussi-
tost quelle nous eut joints : Mais vous
avez sçeu renfermer en une seule an-
née tous les bienfaits de beaucoup
d'autres. Aussi puis-je dire en vérité
que ma reconnoissance & mon amitié
ont pris en mon cœur d'aussi profondes racines qu'elles auroient pû faire
dans un temps plus considérable. Je
me fais un si grand honneur de vos
bontez pour moy, que j'ay esté ravy
de trouver cette occasion de vous donner un témoignage public des sentimens zelez & pleins de tendresse que
j'ay pour vous.

Vous avez paru goûter avec un
très-grand plaisir cette bonne parole

EPISTRE

de Dieu que nous estions appelez à
vous annoncer. J'ay cru que vous
feriez bien aises de lire les pensées &
les méditations d'un homme qui a eu
le bonheur de vous édifier. L'attention que vous luy avez donnée quand
il vous a parlé au nom de nostre maî-
tre commun, fait une partie de la dévotion de laquelle il est parlé dans ce
petit Traité que je vous presente ;
Ainsi je vous rends aujourd'huy ce
que vous m'avez donné des pensées
de devotion pour une attention devote. C'est une vertu si belle &
si rare, que je n'ay pas cru pouvoir
entretenir les bonnes ames de rien qui
leur fust plus utile. L'indévotion de
nostre siécle est si terrible, & si évi-
demment la principale cause des tristes
jugemens de Dieu sur nous, que nous
ne sçaurions assez tost y renoncer pour

EPISTRE

appaiſer la colére du ciel. Comme
j'entre dans tous vos intéreſts, &
que je ſuis trés-ſenſible à voſtre gloire
autant qu'on le peut eſtre, j'aurois
une ſouveraine joye que voſtre troupeau, & celuy à la conduite duquel
Dieu m'appelle aujourd'huy, fuſſent
de grands exemples de cette vertu au
milieu de noſtre Iſraël. Je voudrois
que nous commençaſſions les premiers
à réſiſter au torrent de cette corruption, & que nous fuſſions comme
autant de Moyſes deſquels le zele ſe
tiendroit à la breſche pour là fermer,
& pour empeſcher les torrents de la
vengeance de Dieu de tomber ſur
nous. Dieu vous fournit de grandes
aydes à cela, puiſqu'il vous a donné
pour conducteurs, des hommes d'un
mérite rare deſquels là parole & les
actions vous peuvent eſtre de puiſ-

EPISTRE.

sans appuis contre la violence des tentations, & contre la force des mauvais exemples. Si ce petit ouvrage que je vous offre y pouvoit aussi servir, je m'estimerois infiniment heureux. Joignez donc vos efforts & vos priéres avec les miennes, afin que la parole de Dieu ne s'en retourne pas sans rien faire, & que cette sainte semence ne tombe pas en des lieux pierreux, en de mauvais fonds, & entre des espines. Travaillons ensemble à la réformation de nos mœurs; & de là il reviendra infiniment de l'honneur à nostre sainte religion, de confusion à ses ennemis, d'édification aux bonnes ames, d'utilité pour l'Eglise, de gloire à nostre Dieu, & de joye au ciel, où l'on se réjoüit pour la conversion d'un seul pecheur. Recevez en bonne part ces exhortations,

EPISTRE.

qui sont les effets de l'amour que j'ay pour vous : J'y adjoûte des vœux tres ardents pour la prospérité de vôtre troupeau & de vos familles, & je finis par de trés sincéres protestations d'estre toute ma vie,

MESSIEURS & trés-honorez Freres,

Vostre tres-humble & tres-obeïssant serviteur,
JURIEU.

TABLE
DES CHAPITRES.

ẽ

TABLE

TROISIE'ME PARTIE.

Des aydes & conseils qui peuvent conduire à la devotion.

DES CHAPITRES.

Fin de la Table des Chapitres.

AVERTISSEMENT.

IL y a plusieurs années que ce petit ouvrage fut composé pour l'usage particulier de quelques bonnes ames. Depuis cela
on en a fait diverses copies dont on n'est
plus le maistre : De sorte qu'il vaut autant
l'abandonner entiérement au public, aussi
bien pourroit-il arriver qu'on l'imprime-
roit sur les copies imparfaites qui roulent
dans le monde ; ce qui ne seroit pas fort
à l'avantage de l'autheur. En repassant la
veuë sur le manuscrit, on a veu qu'un des
préceptes de devotion qu'on y donne est
d'entremesler la lecture, la Méditation, &
la Priére, afin de délasser l'ame par ce chan-
gement & par cette diversité. Cela a fait
venir dans l'esprit la pensée d'adjoûter à la
fin de chaque Chapitre une petite Méditation, & une courte Priére : Ainsi dans le
mesme ouvrage on peut trouver & les
Préceptes & la Pratique de la Dévotion.
Si cela est utile pour le secours des ames
devotes & pieuses, on aura trouvé ce qu'-
on cherche, & l'on se trouvera parfaitement bien récompensé.

L'Autheur a par devers soy les Attestations
néceffaires.

TRAITE'

TRAITÉ

DE LA
DEVOTION.

PREMIERE PARTIE.

CHAPITRE PREMIER.

Ce que c'est que la devotion.

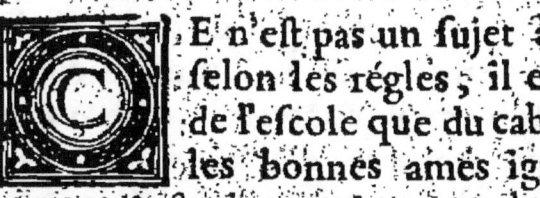

E n'est pas un sujet à définir selon les régles, il est moins de l'escole que du cabinet, & les bonnes ames ignorantes nous en instruiront mieux que les sçavans sans conscience. Cependant l'escole qui se mêle de tout, entreprend de définir la devotion comme les autres choses. Les uns la définissent par un attendrissement de cœur & par un esprit touché : Les autres par une consolation interne que sentent

A

les devots dans leurs exercices de pieté:
Les autres disent que c'est une allégresse
& une promptitude d'esprit avec laquelle
les saints se portent au service de Dieu. Il
y en a qui la font consister en une joye
inénarrable & glorieuse qui remplit les fidéles & leur fait dire, *mon ame est raffasiée*
comme de moelle & de graisse. Les autres la
définissent par les desirs. Premierement
je dis sur tout cela, qu'il y a peut-estre de
la témérité à vouloir définir une chose
que nous ne sçaurions bien exprimer; car
elle est du nombre de celles qui ne peuvent estre bien conceuës que par ceux qui
les sentent, & qu'on ne sçauroit bien dépeindre, encore qu'on les conçoive. Tout
au moins ne sçauroit-on la définir par un
seul mot ny par un seul mouvement de
l'ame; car c'est un composé de toute espéce de mouvemens : Elle est mesme composée de sentimens contraires : Elle a des
desirs & des craintes, des frayeurs & des
espérances, de l'amour & de la haine, de
la joye & de la tristesse, de l'ardeur & du
zéle, de la promptitude & de l'allegresse.
Elle a des desirs, car toute ame devote desire ardemment d'estre bien avec son
Dieu, & de luy estre unie. *O quand entre-*
ray-je, dit-elle, *& me présenteray-je devant*

sa face ; comme le Cerf est alteré des eaux courantes, ainsi mon ame l'est du Dieu vivant.
Il y entre de la crainte, car une bonne
ame craint toûjours de n'estre pas digne
de posseder les graces qu'elle desire si passionnément : *Ie ne suis pas digne*, dit-elle
au Seigneur Jesus, *que tu entres sous mon*
toict. Si elle est en possession de son Dieu,
elle craint de le perdre, elle veille en dor-
mant ; *i'estois endormie, mais mon cœur veil-*
loit, craignant que quelque chose ne luy
ravisse son bien-aimé. Il entre de la frayeur
dans la composition de cette vertu ; sçavoir quand l'ame est tombée en un grand
peché, la presence de son Dieu l'estonne,
& sa majesté l'épouvente : Et sans cela mê-
me, l'ame devote ne se presente jamais
devant Dieu qu'elle ne se souvienne que
devant luy les Anges tremblent, & qu'elle ne dise, *ô que ce lieu icy est terrible, c'est*
la maison du Dieu vivant. Il y entre de l'a-
mour, & l'on peut dire que cét amour est
comme la source & la base de la Devotion.
En considerant & la beauté & la bonté de
Dieu, elle est touchée d'un violent desir
d'union ; elle dit avec l'Espouse, *qu'il me*
baise des baisers de sa bouche, car ses amours
sont plus douces que le vin. Il y entre de la
haine, car l'ame devote ne sçauroit aimer

Dieu qu'elle ne renonce à l'amour propre, & ne haïsse le monde, duquel l'amour est incompatible avec celuy de Dieu. Il y entre de la joye, car la pieté a ses festins, & pourtant le sage dit, *le cœur de l'homme juste est un festin continuel : tu as mis*, dit David, *plus de joye en mon cœur, que les meschans n'en ont dans leur abondance. Mon cœur s'est éjouy, ma langue s'est égayée, & pourtant mon ame habitera en asseurance.* Il faut avoüer pourtant que cette lumiére n'est pas toute pure, la devotion a ses tristesses au milieu de ses joyes, & souvent elle soûpire dans le sentiment de ses infirmitez. Enfin, il entre dans la devotion de la promptitude & de l'ardeur, & il semble que c'est-là comme le corps de la devotion, & ce qui paroist davantage en l'ame devote. Elle a une inconcevable allegresse pour les exercices de la pieté, elle escoute la parole, elle prie, elle lit, elle médite; elle communie, comme on fait les choses du monde les plus plaisantes. Elle vole à ces actions, elle y court comme aux nopces, & les entreprenant avec cette gayeté de cœur, elle les fait avec une grande facilité. Ce sont-là, ce me semble, les mouvements qui composent la devotion; mais il faut remarquer qu'ils ne sont pas toû-

jours en tous au mesme degré. Il y a toûjours quelqu'un de ces sentimens qui domine ; quelquefois la joye l'emporte,
d'autrefois c'est la douleur ; souvent c'est
l'allegresse, d'autrefois ce sont les desirs.
Et de là vient que si vous consultez les
devots sur la nature de la devotion, ils
nous répondront tres-differemment, parce que chacun dira ce qu'il sent, & chacun sent des choses fort différentes. Il arrive mesme qu'une seule & mesme ame
sent une devotion différente en divers
temps : les mouvemens dont nous avons
parlé dominant tour à tour. Aujourd'huy
un fidéle sera remply d'espérance dans la
veuë du bien à venir, demain de joye dans
la possession du bien present ; une fois la
tristesse pour ses péchez dominera ; un autre jour les desirs régneront ; & ce change-
ment se fera selon la diversité des estats où
la conscience se trouvera, & selon la diversité des veuës que sa méditation luy
donnera, considérant Dieu tantost du côté de son amour & de sa miséricorde, tantost du côté de sa févérité & de sa justice.
Quelquefois aussi il regardera sa conscience du côté de son fort, & tantost par son
foible, & cela pourra changer quelque
chose dans les mouvemens de sa devotion.

L'allegreſſe meſme qui ſemble eſtre l'eſſence & l'ame de cette vertu, n'en eſt pas
inſeparable, & ſouvent les bonnes ames
ſe trouvent dans une triſte peſanteur :
Mais quand cette promptitude eſt abſente
ſa place eſt occupée par un cuiſant déplai-
ſir de ne l'avoir pas.

Méditation.

HElas, mon ame, que tu és ignorante
dans les choſes divines ! *l'homme animal ne comprend pas les choſes qui ſont de
Dieu, elles luy ſont folie.* Ce ſont des abyſ-
mes profondes que tu ne ſçaurois ſonder :
tes lumiéres ne ſont que des ténébres :
mais encore n'eſt-il pas eſtonnant que tu
ne connoiſſes pas les choſes divines que
Dieu s'eſt réſervées, & qu'il a comme
renfermées dans ſon ſein. Il eſt bien plus
eſtrange que tu ne ſçachés pas meſme ce
que Dieu fait en toy, & que tu ignores les
choſes divines qui ſont en ton propre
cœur. Superbe & vaine qui és toute fiére
de ces avantages que la nature t'a donnez
par deſſus les créatures viſibles, tu dis que
tu és un Ange incarné, dis plûtoſt que tu
és un Ange empriſonné dans une demeure
ſombre qui ne connois qu'en partie, & ne

vois qu'en partie, obscurément, & comme en un miroir, à travers un voile épais de chair & de sang.

Priére.

O Mon Dieu, *Pére des lumiéres , duquel descend tout bon don , ouvre mes yeux , afin que je voye les merveilles de ta loy ; je suis estranger en la terre & voyageur , ne cache point de moy tes commandemens.* Je cherche ce que c'est que la devotion ; je ne sçaurois la connoître sans toy ; en vain la chercheray-je dans les ouvrages d'autruy, si je ne la trouve dans mon propre cœur : il est profond, qui est-ce qui le connoistra ? Je n'y trouve point ce que je cherche, où le trouveray-je donc ? Je le trouveray en toy, ô mon Dieu, qui és la source de ce que je cherche. Verse donc en mon cœur ces flâmes du zéle & de la pieté, afin qu'en étant remply, mon ame n'ait besoin que de s'étudier elle-mesme pour la connoistre , & qu'aprés l'avoir connuë, elle puisse l'aimer & la faire aimer aux autres. Qu'elle brille dans toutes mes actions & dans toutes mes paroles comme un flambeau qui éclaire mes prochains, & allume en eux les saintes flâmes de la devotion.

CHAPITRE II.

Des effets de la devotion.

EN parlant de la nature de la devotion dans le Chapitre precedent, nous avons infinué tous fes effets ; mais il ne fera pas inutile de nous y étendre un peu davantage. Ces effets bien connus nous meneront à la connoiffance de la caufe, & nous ferviront de pierre de touche par laquelle les bonnes ames pourront connoiftre & la pureté & les progrez de leur devotion.

Le premier de ces effets, c'eft une véhémente paffion de converfer avec Dieu, & de luy verfer dans le fein fes douleurs: d'oüir fa parole, & de recevoir les gages de fon amour en fes Sacrements. Vous voyez ces mouvemens en David qui foûpire aprés la maifon de fon Dieu, & qui ne trouve rien en fon exil de plus infupportable que cét éloignement des parvis du Seigneur. Il eft jaloux de la condition des hirondelles qui y trouvent leurs nids. Il voudroit eftre portier de cette maifon,

&

& n'en partir jamais. *Mon ame languit aprés tes parvis*, dit-il, *j'ay demandé une chose au Seigneur, que j'habite en sa maison tous les jours de ma vie.* Il avouë que l'espérance de revoir Dieu en sa maison, le soûtient, & l'empesche de tomber dans le desespoir. *N'eust esté que j'ay creu*, dit-il, *que je verrois les biens du Seigneur en la terre des vivants, c'estoit fait de may.* L'ame fidelle n'a pas moins de passion pour la solitude de son cabinet, que David en avoit pour le temple de Dieu : elle regarde comme des heures perduës toutes celles qu'elle est obligée de donner au monde, & si-tost qu'elle peut se tirer de l'embarras des affaires, elle court dans le soin de son Dieu, comme un cerf court vers les fontaines ; comme un avare court à la recherche des tresors ; comme un courtisan cherche l'heure & le lieu de voir son Prince, d'en estre veu, & de recevoir de luy de considérables faveurs.

Le second effet est une joye qui se peut appeller inconcevable : Le devot, en ses devotions, sent épanoüir son cœur ; le S. Esprit y vient avec toutes les richesses de sa grace, & tous les tresors de ses consolations. Qui demanderoit à cette ame pourquoy elle est si contente, peut-estre

B

auroit-elle de la peine à vous le dire; mais
la vraye cauſe de cette joye, c'eſt que
Dieu vient répandre en elle ſes rayons ſa-
lutaires, qui ſont toûjours accompagnez
d'une pleine félicité. Le plaiſir qu'un avare trouve à conter ſes richeſſes, qu'un
ambitieux goûte en eſpérant de nouvelles
grandeurs, qu'un voluptueux trouve en
ſes feſtins & en ſes débauches, tout cela,
dis-je, eſt fade & de mauvais gouſt en com-
paraiſon de cette joye que l'ame devote
ſent en communiquant avec ſon Dieu.
C'eſt un ocean où ſe noyent tous les chagrins de la chair. Le perſecuté y trouve
ſon azyle, le pauvre ſa richeſſe, le malade
ſa ſanté, le contemptible ſa gloire, l'humble ſa grandeur, & le miſérable l'oubly géneral de toutes ſes miſeres. C'eſt-là qu'u-
ne ame fatiguée du monde trouve ce celeſte repos qui luy fait regarder ſans envie
& meſme avec pitié, les cruelles agitations de ces mondains qui ſont attachez
aux roües & aux caillous des Ixions & des
Siſyphes, c'eſt à dire, à des travaux qui
reviennent toûjours, & ne finiſſent jamais.

De là vient un autre effet de la devotion, c'eſt l'oubly du monde; quand le devot
ferme la porte de ſon cabinet, on peut dire

qu'il ferme la porte au monde, difant en
foy-mefme, arriére de moy penfées mondaines, objets de vanité retirez-vous, &
n'approchez pas d'icy. Laiffez-moy joüir
en repos de la feureté de cét azyle, & per-
mettez que je me donne icy toute à mon
Dieu. Le fidelle meurt de cette maniére
plufieurs fois le jour ; car la mort n'effate
pas davantage les images mondaines, que
la devotion, quand elle tire une ame
chreftienne hors du monde. Cette ame
peut dire à ce coup, *le monde m'eft crucifié,*
& moy au monde ; je ne vis plus moy, mais
Iefus mon Sauveur vit en moy ; & ce que je
vis, je le vis en la foy du Fils de Dieu, qui m'a
aimé, & s'eft donné foy-mefme pour moy. Il
ne faut pas s'étonner fi le monde quitte
fa place en ce moment ; car je fupofe qu'il
tenoit déja bien peu dans l'ame dont je
parle. Dieu vient occuper ce tout, dont
il avoit déja la meilleure partie, car le
cœur devot fe plonge pour ainfi dire tout
en Dieu, & Dieu s'infinuë tout en luy. En
cet eftat, fi par hazard on jette les yeux fur
le monde, on le regarde du haut en bas, &
d'un œil de mépris. Helas ! que font ces
richeffes, dit l'ame fidelle, ces honneurs,
& ces avantages, qui fe terminent fouvent
par la mort éternelle, au prix des richeffes

que me donne icy mon Dieu : mais auprés
de mon Dieu luy-mesme que je posséde,
ces biens de la terre se perdront, mais je
ne perdray jamais celuy qui me tient , &
que je tiens, & la mort qui dépoüillera les
vivants de leur pompe, me revêtira d'une
nouvelle gloire.

Le quatriéme effet de la devotion, c'est
l'allegresse à courir & à s'avancer aux exercices de la pieté. Un general vole au combat quand il voit une victoire asseurée ;
mais le devot a bien d'autres aîles qui le
font voler où la devotion le convie. Il ne
sçait ce que c'est que les langueurs & les
pesanteurs de membres, qui retiennent
ceux qui sont appelez au travail. Il n'a
point les sentimens du paresseux, qui roule sur son lict comme une porte sur ses
gonds , qui combat contre son chevet, &
donne des batailles au sommeil & à la paresse, à dessein d'estre vaincu. Nostre devot est une de ces aigles dont quelques-
uns pensent qu'a parlé le Seigneur, *eù est
le corps mort là s'assembleront les Aigles.* Il
sçait qu'il trouvera son Jesus autrefois
mort, mais aujourd'huy vivant, ou dans
le Temple, ou dans son cabinet ; il y vole
avec la rapidité d'une aigle affamée , rien
n'est capable de l'arréter ; amis, ennemis,
emplois,

emplois, occupations, prieres, menaces, craintes, & périls, tout eſt inutile, car en courant il peut ſurmonter tous les obſtacles qu'on luy oppoſe. Un autre effet de la devotion, c'eſt une certaine élevation d'ame que je ne ſçaurois apeler autrement qu'une eſpece d'extaſe, par laquelle l'ame eſt comme ravie hors d'elle-meſme. Elle eſt ſi attachée à la contemplation de ſes objets celeſtes, que non-ſeulement elle n'a plus d'intelligence pour les choſes terreſtres, mais elle n'a plus de ſens, plus d'oreilles, plus d'yeux ; elle ne voit, elle n'entend rien. S. Pierre en priant voit les cieux ouverts, & un linceüil lié par les quatre bouts deſcendant en terre. S. Paul en oraiſen fut ravy juſques au troiſiéme ciel : Et les devots d'aujourd'huy ont encore leurs extaſes. Ils voyent les cieux ouverts comme S. Eſtienne ; ils ſont enlevez aux cieux comme S. Paul , car ils entrent dans un commerce ſecret avec Dieu. L'ame eſt tellement occupée au dedans , qu'elle ne voit rien de ce qui ſe paſſe au dehors, & donnant toute ſa force à contempler Dieu, il n'eſt pas eſtonnant qu'elle n'en ait plus pour les autres objets. *Bien-heureux* , dit un Pere de l'Egliſe, * *ſont ceux qui ſont embraſez par la contemplation de cette véritable beauté,*

* S. Baſile , hom. in Pſ. 45.

C

car luy estant attachez par les liens de la cha-
rité, & d'un amour celeste & divin, ils ou-
blient & leurs parents & leurs amis ; ils ou-
blient leurs biens & leurs maisons, ils oublient
mesme la nécessité de boire & de manger.
Pourquoy cela ne se feroit-il pas dans les
actions de la pieté, puisque tous les jours
cela nous arrive dans les choses du monde?
Fortement attachez à une lecture, à dé-
broüiller un compte, à répondre à un ad-
versaire ; mille objets passent devant nos
yeux que nous ne nous en appercevons
pas. L'ame devote est aussi tellement ren-
fermée en elle-mesme, & si bien recueillie, que rien de ce qui se passe allentour
ne la peut émouvoir. Si elle prie, elle est
toute entiére au ciel ; si elle écoute, elle est
toute attachée à la langue de celuy qui
parle ; si elle lit, son cœur est toûjours où
se terminent ses yeux ; si elle médite, elle
est toute plongée dans son sujet ; & si des
volées d'oiseaux, des pensées vaines & le-
geres viennent à soüiller son sacrifice,
comme celuy d'Abraham, elle les effarou-
che incontinent. C'est ainsi que j'expli-
que & que je conçois l'extase de la devotion ; autrement, si vous prenez ce terme
pour des ravissements effectifs, qui étoient
les privileges des Prophetes & des Saints
du premier ordre, j'auray peine à croire

que les faintetez de cloiftre obligent Dieu
comme on nous le veut perfuader à communiquer fi ordinairement, des graces fi
extraordinaires. Nous ne voyons plus aujourd'huy de ces devotions qui enlevent
non-feulement les ames, mais fait perdre
terre aux corps, & les élevent jufques aux
nuës:cependant fi on en croit des écrivains
qui fe difent bons autheurs, il n'eft rien
de plus commun.

Le dernier effet de la devotion dont je
veux parler, c'eft un certain feu qui ef-
chauffe le cœur. On ne le fçauroit bien
concévoir fi on ne la fenti, & je ne fçaurois l'exprimer autrement que par les paroles des Saints. *Noftre cœur ne brufloit-il*
pas quand il parloit à nous, & nous annonçoit
les efcritures ? Ta parole a efté au dedans de
moy comme un feu, mon cœur s'eft efchauffé en
ma méditation, dont j'ay parlé de ma langue.
On nous dit que fouvent on a veu des
Saints ayans un vifage embrafé au milieu
de leurs devotions, cela ne pouvoit venir
que de la chaleur du cœur qui fe répandoit
enfuite fur le vifage. On peut appeler le
feu une fermentation des efprits de la pieté, laquelle fouvent fait des impreffions
jufques dans les yeux. Ce pouvoit bien
eftre de là que venoit le brillant de faint
Eftienne, duquel il eft dit que fes ennemis

virent son visage comme celuy d'un Ange;
son zéle & sa devotion se répandirent en
ses yeux, & les rendirent estincelants. Ces
esclairs ne vont gueres sans pluye, je veux
dire que ce feu est d'ordinaire accompagné
de larmes. Le cœur s'échaufe, il s'enfle, il
se grossit, il s'attendrit, & enfin les yeux
pleurent. S. Augustin se represente ainsi
dans l'un de ces embrasements de cœur.
Aprés, dit-il, *qu'une forte méditation eut
tiré toute ma misere du fonds où elle estoit ca-
chée pour la presenter aux yeux de mon cœur,
il s'y éleva une grande tempeste qui fut suivie
d'une grande pluye de larmes.* Ces pleurs ne
viennent pas toûjours de la douleur du péché, elles sont souvent causées par un
combat de pensées, & une confusion de
bons mouvemens qui jettent l'ame en une
espece de desordre, mais qui vaut mieux
que le plus grand calme.

Méditation.

QU'il seroit à souhaiter que les hommes fussent aussi saints comme ils sont
éloquents & sçavants! Ils font de beaux
portraits; mais où en trouverons-nous les
originaux? Je voy bien que les caractéres
de la véritable devotion sont beaux & ra-
vissants: Mais helas! plus j'entre dans cette

méditation, & plus je demeure confus.
Quand je confidére ce que je devrois eſtre
pour eſtre devot, & que j'examine ce que
je ſuis, je trouve que je ne ſuis rien, ou
que je ſuis juſtement ce que je ne devrois
pas eſtre. Je ne trouve point en moy ces
deſirs ardents d'eſtre avec mon Dieu, & de
converſer avec luy par de ſaintes prieres &
méditations. Mon ame languit, mais ce
n'eſt pas aprés les parvis de mon Dieu, ny
aprés la ſolitude de mon cabinet. Elle languit ; car elle eſt foible & débile dans tous
les mouvements de la pieté. Je fais violence à mon cœur en le tirant des bras du
monde pour le mettre entre les mains de
Dieu. J'entre en mon cabinet pour faire
mes exercices de pieté, plûtoſt pour m'ac-
quiter d'un devoir que je me ſuis impoſé,
que pour ſuivre mes inclinations. Où eſt
cette joye que je devrois goûter dans les
actes de ma devotion ? Où eſt ce détachement du monde, ce renoncement à ſes
penſées ; où eſt l'allegreſſe, où ſont les extaſes, les flammes & les embraſements de
ce feu celeſte dont je viens de lire la deſ-
cription ? Tout eſt mort en moy ; ſi je veux
quitter le monde pour entrer en mon cabinet, je l'emporte avec moy. Je ſens dans
toutes les facultez de mon ame, une peſanteur épouventable qui arreſte mes éle-

vations, & me fait retomber à terre ; mes
êlans sont foibles & de courte durée ; ils
ne vont pas à moitié du chemin du ciel.

Priere.

O Mon Pere, & mon Dieu, ayes pitié
de mon triste estat, *tire-moy, & je
courray aprés toy.* Pourquoy demeurerois-
je dans les ténébres de la mort ? Soleil de
justice qui portes santé en tes aîles, ressus-
cite-moy, & me vivifie : que l'orient d'enhaut me visite par les entrailles de sa miséricorde ; que mon cœur brûle en lisant tes
escritures, & en escoutant ta parole : que
mes prieres soient ardentes, & que ma
pieté soit soûtenuë de la force & des flâmes de ton amour & de ta garce. Et toy,
mon ame, n'attends pas la grace les bras
croisez, va au devant, appelle & dis, *vien,
Seigneur Iesus, vien, hâté-toy, ô Dieu de mon
salut, réveille-toy mon cœur, réveille-toy, toy
qui dors, & te releve des morts, & Christ
t'éclairera.* Chasse la paresse, ne sois plus
endormie dans le lict de la sécurité ; bannis
la froideur, défais-toy de ta pesanteur :
Prens les aîles de l'Aigle & t'envole aux
cieux dans le sein de ton Sauveur, & tu
trouveras des douceurs que tu n'as point
encore goûtées, que tu n'as point veuës,

que tu n'as point oüies , & qui ne font
point montées en ton imagination.

CHAPITRE III.

Que la Devotion eft tres-néceffaire,

QUi poürroit en douter, & ne fuffit-il
pas de la connoître & de la dépeindre
pour le perfuader ? La devotion eft l'ame
de l'ame, & la vie de la pieté. C'eft elle
qui fait le prix & la valeur des exercices &
du culte de l'ame fidelle. Les préparations
font néceffaires à tout : Un Orateur qui
doit parler en public, fait amas de matiére, il effaye d'y donner une belle forme:
un foldat qui doit combattre prépare fes
armes, & réveille fon courage. Celuy qui
va aux noces prend fes ornements : Et
pourquoy donc entreprendrons-nous de
nous prefenter devant Dieu pour le prier,
pour lire, ou pour écouter fa parole, pour
luy demander fon fecours, ou luy rendre
nos actions de graces, fans avoir les faintes difpofitions de la pieté & de la devotion qui font devant luy de fi grand prix?
On fait toûjours bien, tout ce que l'on

fait du cœur ; quand il n'eſt pas de la partie
on ne fait rien qui vaille. Le ſoldat qui ne
porte pas ſon cœur avec luy, tourne le dos
au milieu du combat ; & l'Orateur, dont
le cœur n'eſt pas touché de ce qu'il dit, ne
touchera jamais les autres. Si l'on ne ſçauroit faire ſans le cœur les ouvrages de la
langue & de la main , comment ſans le
cœur feroit-on les ouvrages du cœur meſme ? C'eſt ainſi que j'appelle les exercices
de la pieté, & le ſervice de Dieu.   Un lut
pourra-t'il joüer s'il n'eſt monté & accor-
dé ? Un arc pourra-t'il tirer s'il n'eſt ban-
dé ? Le cœur eſt un organe & un lut dont
les ſons charment les oreilles de Dieu ;
mais il faut qu'il ſoit monté de toutes ſes
vertus, comme d'autant de cordes, & que
la devotion luy ſoit comme une eſpece
d'ame qui faſſe agir tout le reſte. La priere
eſt un trait qui vole dans les cieux, mais la
devotion ſeule luy donne des forces & des
aîles.   La priere eſt un ſacrifice, c'eſt le
bouveau des levres, & l'offrande du cœur :
On n'auroit pas voulu preſenter à Dieu
des victimes communes ſans préparation
& ſans choix, & l'on ſéparoit l'agneau de
de Paſque du troupeau, quatre jours devant que de l'immoler.

Pécheurs, n'offrez donc pas à Dieu des
prieres ſoüillées, mais des prieres pures &
devotes,

devotes ; sépare ton cœur des vanitez du monde, & de la foule de ses vaines pensées, si tu veux qu'il soit agreable à Dieu.

Sans la devotion l'ame est morte, le cœur est un cadavre, qu'elle témérité donc de mettre sur les autels de Dieu une beste morte & corrompuë? Dieu ne dira-t'il pas, *j'ay en horreur vos oblations, la graisse de vos moutons, & le parfum de vostre encens, je n'en sçaurois porter l'ennuy.* La devotion est un feu sans lequel nos sacrifices ne sçauroient estre consommez. C'est un feu descendant du ciel, c'est une émanation des rayons du Soleil de justice, c'est luy qui doit élever au ciel la fumée de vostre encens. Asseurez-vous ames chrétiennes, que vos offrandes demeureroient en chemin, & que les flâmes de la devotion sont seules capables de percer ces nuages épais d'iniquitez qui nous séparent de Dieu. La matiere qui fait les pierres de foudres si massives & si pesantes, ne seroit jamais montée en la moyenne région de l'air d'où nous les voyons fondre sur la terre, si elle n'y avoit esté portée sur les ailes de quelques exhalaisons enflammées. Ainsi nos prieres terrestres comme nos cœurs, ne sçauroient monter aux cieux si les flammes de la devotion ne les enlevent. J'en reviens donc là, que nous devons mettre nostre cœur en

D

bon eftat, pour efpérer un bon fuccez de
fon culte. Tout préparé, il ne fera pas encore trop bon pour celuy à qui nous le devons prefenter. On nous fera grace de le
recevoir en ce bon eftat. Que pourrions-
nous donc attendre en luy prefentant une
ame indévote, qu'un trifte & honteux re-
fus ? Dieu n'exauce pas des prieres, fi le
cœur n'eft bien difpofé à les faire : *cherchez*
& vous trouverez, dit le Seigneur, mais
cherchez avec zélé, autrement vous ne
trouverez pas. Dieu dit une fois, *je me fuis*
fait trouver à ceux qui ne me cherchoient point.
Cela n'arrive pas tous les jours; ce font des
évenements finguliers qui n'établiffent
pas de regles: mais la loy commune porte,
demande, & il te fera donné. Ravis le royau-
me des cieux, & tu l'obtiendras.   A quoy
n'eft pas utile la devotion ? elle eft d'ufage
en tous lieux, en tous temps, & à toutes
chofes, dans les temples, & dans le cabinet ; Par elle nous écoutons la parole prononcée par des hommes, ainfi qu'elle eft
véritablement ; comme parole de Dieu, &
la recevons comme une terre feche la
pluye ; par elle la confidération des bienfaits de Dieu nous touche, la penfée de
fon amour nous embrafe, fes promeffes
nous confolent, fes menaces nous efton-
nent, & fes confolations nous font effica-

ces. Sans elle la parole qui doit eftre une
épée à deux trenchans, reboufche fur la
dureté de nos cœurs, & fans elle nous joi-
gnons le crime de l'infenfibilité à celuy de
l'impénitence. Par elle nous regardons
dans les temples toutes chofes avec vénération, le Prédicateur comme le meffager
de Dieu, fa parole comme la voix du ciel,
les fidéles comme les enfans de Dieu, &
quafi comme une troupe d'Anges qui s'é-
joüiffent en fa prefence ; les Sacrements
comme de précieux vaiffeaux defquels
l'apparence eft contemptible, mais qui
renferment les trefors de fa grace & de fa
miféricorde. Cette mefme devotion de
nos cabinets fait de petits temples, où la
divinité defcend, & fur lefquels elle étend
fes aîles comme les cherubins fur le pro-
pitiatoire, où Dieu parle à noftre cœur,
comme nous parlons à fes oreilles, où il
nous fait entendre fes oracles, & goûter
fes confolations; où il nous dit tout bas, *mon*
fils & ma fille aye bon courage, leve toy, tes pé-
chez te font pardonnez. O que bien-heureufe
eft l'ame fidelle que Dieu honore de ces fa-
crez entretiens. Or il ne le fait jamais que
par une devotion ardente on ne l'ait appelé, on ne l'ait pour ainfi dire forcé. Ces defirs de la devotion pourroient bien eftre
ces yeux dont l'époux dit, *détourne tes yeux,*

car ils me forcent. Loin d'icy ces profanes qui
ne connoissent point l'usage de la devotion.
Ils disent que la vaillance est le rempart
des estats, & la seureté du public & des
particuliers : que la libéralité adoucit l'infortune des misérables ; que la justice est la
nourrice de la paix, & le lien des sociérez ;
que la tempérance fait la tranquillité de
l'ame & la santé du corps ; mais que la devotion seule est inutile à tout, & ne sert
qu'à rendre les ames molles, & les esprits
timides. N'appelez point inutile une vertu universelle, sans laquelle toutes les autres ne sont que des ombres ; car celuy qui
n'ayant pas l'habitude de la devotion, ne
rapporte pas toutes ses vertus à la gloire
de Dieu, est un faux vertueux. N'appelez
point inutile une vertu, qui appaise la colére de Dieu, & qui détourne les orages
de dessus les estats ; une vertu qui auroit
tiré Sodome du feu s'il s'y estoit trouvé
dix devots comme Abraham, qui eussent
devotement intercedé pour elle comme
luy ; une vertu qui sauve si souvent l'Eglise
du naufrage ; une vertu qui jette en la
conscience une profonde paix, & une divine lumiere. Ne dites point qu'elle amo-
lit les ames, puisqu'elle affermit le courage, fait courir à la mort comme au festin, fait mépriser les périls, & ne ménage
rien

rien dans les occasions où la gloire de Dieu nous engage.

Méditation.

VOila une des caufes de ma froideur, & une des raifons pourquoy mon ame eft fi peu devote ; elle ne comprend pas la néceffité de la devotion, parce qu'elle fçait que les aliments font néceffaires pour la confervation de fa vie corporelle; elle les defire avec une grande ardeur, & les cherche avec une merveilleufe diligence ; mais elle eft négligente dans toutes les chofes qui fervent à nourrir la pieté & les flames de la devotion, parce qu'elle ne croit pas que cela foit de grand ufage. Tu vois, ô mon ame, des gens qui fe fauvent avec une pieté languiffante, & qui vont au ciel à pas lents : tu te perfuades que Dieu ne fera pas plus rigoureux pour toy, & qu'on n'exigera pas de toy plus que des autres : mais helas, qu'il y a d'erreur en ce raifonnement ! Tel que tu crois eftre dans le chemin du ciel, eft dans celuy de l'enfer. Il y a telle voye qui femble droite à l'homme, de laquelle pourtant les iffuës tendent à la mort. Ces froides devotions dont on croit que Dieu fe paye, font fouvent bien infructueufes. On aura beau

E

dire un jour, nous t'avons prié, nous t'avons invoqué, nous t'avons servi ; le Seigneur ne laissera de répondre, je ne sçay qui vous estes, allez, éloignez-vous de moy, hommes qui n'estes ni froids ni boüillants, je vous jette hors de ma boüche.

Prière.

MOn Dieu conduy mon ame dans le chemin le plus seur. Je ne sçay point sonder ta miséricorde, & je ne sçay pas aussi jusques où tu porteras la sévérité de ta justice. Je ne sçay si tu pardonneras à tant de gens qui te servent avec si peu de zéle & tant d'indévotion. Ce que je sçay, c'est qu'ils ne sont pas dignes de ta clemence, & qu'ils ne sçauroient estre sauvez s'ils ne se repentent sincerement de t'avoir servi avec tant de froideur. Flambeau de mon ame, esprit divin qui as esclairé l'Eglise de tous les siécles, & les fidelles de tous les temps, inspire moy ces sentimens de devotion avec lesquels je sçay certainement qu'on doit estre sauvé, & sans lesquels je ne sçay si l'on peut estre sauvé, embrase mon cœur, afin qu'il soit un autel où brûle un feu éternel, dans lequel tous mes sacrifices soient consumez, & qui fasse monter en ta presence

toutes mes priéres, comme le parfum de
l'encens.

CHAPITRE IV.

*Que la devotion est extremement rare
& négligée.*

VOicy une exception à la régle géné-
rale, les chofes rares font eftimées ;
il n'eft rien de plus rare au monde que la
devótion, & cependant rien de plus négli-
gé. Les hommes ne péchent pas icy par
ignorance, ils fçavent bien ce que nous
avons dit dans le Chapitre précedent, que
fans ces difpofitions devotes nos prieres ne
fçauroient plaire à Dieu. Cependant on
ne fçauroit exprimer l'épouventable négligence avec laquelle ils font cet exercice de pieté auffi bien que tous les autres.
On vient à ces exercices avec une lenteur
prodigieufe ; on voit bien que la coûtume
nous y traifne, & que l'inclination ne
nous y mene pas. C'eft la crainte du foüet
& du bâton qui fait marcher les efclaves,
car on y va comme à une tâche, & à une
œuvre laborieufe. Ce que nous faifons à
regret, nous le faifons le moins qu'il nous

E ij

est poſſible ; c'eſt pourquoy l'on dérobe au monde un quart-d'heure le jour, pour le donner à Dieu, aprés quoy l'on croit eſtre des meilleurs, & que Dieu nous en doit bien de reſte. Sommes-nous en cette œuvre, comme elle nous eſt à charge, nous la faiſons à la hâte, afin d'avoir bien-toſt fait ; & quand nous ſommes arrivez au bout, il ſemble qu'un fardeau nous eſt ôté de deſſus les épaules. Jugez ſi l'on peut bien faire ce que l'on fait ainſi ; nous ne penſons ni à ce que nous allons faire, ni à ce que nous faiſons. Nous devrions nous eſtonner nous meſmes en penſant à la majeſté devant les yeux de laquelle nous allons paroiſtre, & nous y venons d'une maniére étourdie, comme ſi nous allions parler au moindre de tous les hommes. Sommes-nous montez en la Montagne, noſtre cœur eſt encore en Sodome : nous errons par tout l'univers, & nous pouſſons nos égarements juſques aux eſpaces imagi-naires : noſtre imagination ſe remplit de crotesques & de fantômes : la pluſpart roulent leurs priéres ſur la langue comme un torrent, ni le cœur ni l'imagination n'y ont pas meſme de part ; tout au moins cela fait ſi peu d'impreſſion ſur le cœur, qu'un moment aprés il n'y paroiſt pas. En ſor-tant des exercices de la devotion, chacun

se devroit examiner pour sçavoir si sa foy,
sa charité, son espérance, ont receu de
considérables augmentations : mais on ne
pense à rien moins ; chacun court où l'intérest & le plaisir l'appellent, & on laisse
la conscience sans examen.

Il est certain que la pluspart aprés leurs
priéres, pourroient trouver leur conscience en plus mauvais estat qu'auparavant ;
ainsi cet examen loin de leur produire de
la paix, augmenteroit leurs inquietudes.
Si les priéres sont indévotes , les autres
exercices le sont-ils moins? Si en écoutant
la parole de Dieu on preste quelque attention, ce n'est pas aux choses, c'est à la
maniére de les dire. Si le Prédicateur n'a
le don de plaire, on ne l'écoute pas, il n'é-
difie pas, disent-ils, il n'a pas ce qui réveille, & aprés cela on croit pouvoir dor-
mir au sermon en bonne conscience : ainsi
l'on parle à des sourds , & les temples d'où
l'on a banni les images , ne laissent pas
d'estre remplis d'idoles qui ont des oreilles
& des yeux , & ne voyent ny n'entendent.
Le Prédicateur semble avoir en main la
teste de Méduse, quand il paroist tout est
converti en marbre, & la parole de Dieu
est un charme qui des enfans d'Abraham
fait des pierres, au lieu que des pierres elle
devroit faire des enfans à Abraham. Une

bonne partie de ceux qui écoutent ne retiennent que ce qu'ils jugent le moins bon
pour en faire la matiére de leurs censures,
& de leurs railleries profanes. Ils négli-
gent une excellente chose, & recueillent
un mauvais mot, c'est à dire, que dans un
champ couvert de richesses, ils amassent
une épine ou un caillou, & laissent les
fleurs & les fruits. Ceux qui font le moins
mal, écoutent & voudroient bien faire
un bon usage de ce qu'ils entendent, mais
c'est une volonté bien imparfaite, & qui
n'est pas de longue durée, puisqu'elle cesse
à peu prés quand on cesse de parler. Qu'elle indévotion & qu'elle froideur n'a-t'on
pas en participant à ce vénérable sacrement dans lequel Dieu nous donne sa
chair à manger & son sang à boire. Nôtre
piété n'est point aujourd'huy divisée en
une foule de cultes & de services comme
elle estoit sous la loy ; tout est réduit à
deux ou trois cérémonies, & pour les adul-
tes à un seul sacrement. Il faudroit donc
rassembler en ce sujet toute nostre devotion, & donner à ce seul gage de l'amour
de Dieu tout le zéle & toute l'ardeur que
les Israëlites estoient obligez d'avoir pour
les divers cultes que la loy leur comman-
doit. La flame éparse brûle peu, les rayons
du Soleil escartez n'échauffent que mé-

diocrement ; mais renfermez dans le cen-
tre d'un miroir ardent, ils brûlent le bois,
& fondent les metaux. Il en seroit de mê-
me si nostre devotion se réünisloit en ce
divin objet, elle pourroit consumer toutes nos vanitez, & fondre la glace de nos
ames. Si nous estions devots en la participation de ce vénérable sacrement, nostre
foy perceroit les apparences & les dehors
contemptibles, pour contempler au dedans la chair du Fils de Dieu, & toutes les
merveilles de nostre salut. Mais on s'arrê-
te à l'écorce, on y vient comme à un repas
commun, on y apporte son indévotion,
& l'on en remporte sa condamnation.

Ce qui se voit en public nous est un
grand indice de ce qui ne se voit pas, & il
est bien difficile de juger charitablement
des devotions du cabinet, puisqu'on a si
peu sujet d'estre content de celle des temples : si l'on ne fait rien pour la gloire &
pour le plaisir d'estre approuvé, jusques
où ne se relâchera-t'on pas quand on n'aura pas de témoins. Qu'on ne nous accuse
donc pas de violer les droits de la retraite
& du secret, si nous disons que les devotions particuliéres sont encore plus négli-
gentes : que celuy qui dort au sermon ne
se réveille pas sur une lecture simple, &
sur des mots abandonnez du son & de la

voix qui s'opposent au sommeil. Chacun
a son vice en ce monde, & toute condition a ses defauts ; le marchand est avare
interessé, & souvent trompeur ; le courtisan est ambitieux ; le Magistrat est cor-
ruptible ; le pauvre est impatient ; le riche
est orgueilleux ; mais l'indévotion est le
crime de tous les hommes généralement.
Ne disons pas de tous, si vous voulez, con-
fessons qu'il y a quelques bonnes ames qui
gémissent dans leur sein, qui épandent
leurs cœurs devant Dieu avec beaucoup
de zéle, & qui font de ses sabbats leurs
delices : Mais helas, que ces exemples sont
rares ! peut-estre à peine se trouvera-t'il
dix de ces justes en Sodome : Et puisque
les exceptions ne détruisent pas les régles,
cela ne nous empeschera pas de nous
plaindre de nostre siécle, comme d'un siécle de fer & de glace.

Méditation.

JE ne suis point appelé à examiner les
autres ; je voy bien que la devotion est
tres-rare dans le monde. Cela me doit af-
fliger infiniment, à cause de la part que je
prens aux interests de mon Dieu. Cela
me doit faire craindre que le monde ne
devienne une Sodome, & ne soit fait semblable

blable à Gomorrhe, & que Dieu ne fasse
tomber sur luy les effets de sa vengeance,
& ses deluges de feu & de souffre. Mais
voicy quelque chose qui me touche encore de plus prés ; c'est la rareté des mouvemens de devotion dans mon cœur : Il est
de marbre & de glace ce mal-heureux
cœur, comment est-il possible qu'il demeure insensible au milieu de tant d'objets
qui sont capables de l'émouvoir ? Comment peut-il estre ingrat environné de
tant de bienfaits de son Dieu ? Comment
est-il possible de ne pas trembler devant
celuy duquel la presence fait trembler les
Anges ? Comment ne pas courir avec ardeur vers une source si pure & si rafrais-
chissante, moy dont l'ame est alterée, &
destituée de tous biens ? Je ne sçaurois tirer une larme de mes yeux, ni un soûpir
de mon cœur. Je me presente tous les jours
devant mon Dieu avec des yeux secs, avec
un corps humilié, mais avec une ame toute superbe, & souvent avec un si grand
air de negligence, que le ton de ma voix,
les postures de mes membres, & generale-
ment tout ce qui se voit & s'entend en
moy parle de mon indevotion. Combien
de fois ay-je gourmandé là-dessus mon
cœur ? Combien de fois me suis-je dit à
moy-mesme, malheureuse ame pourquoy

E

ne frémis-tu pas au dedans de moy ? pourquoy ne crains-tu pas celuy qu'on ne sçauroit assez craindre ? Et pourquoy n'aimes-
tu pas infiniment celuy qui t'a infiniment
aimé ? Si tu aimois & craignois comme tu
dois ce Dieu souverainement adorable,
que les Anges aiment & craignent, tu ne
pourrois estre froid à son service, ni l'ado-
rer d'une maniére languissante.

Priere.

HElas, mon Dieu, tu vois comme je
soûpire sous le fardeau de ma corruption, & de mon indévotion. Aide-moy
donc à m'en défaire, afin que ces mouvemens de pieté & de zéle que tu aimes si
fort, soient desormais aussi frequents en
mon ame qu'ils y ont esté rares jusques à
present. Que les mouvemens de ma devotion ne ressemblent plus à ces estincelles
qui s'élevent loin à loin d'un grand amas
de cendres, lesquelles se refroidissent &
s'éteignent, mais que ce soient des flames
pures qui brûlent perpétuellement, mesme au milieu des eaux, & qui résistent aux
tempestes & aux orages de la tentation,
de la corruption, & des mauvais exemples. Bien loin de me laisser emporter par
le torrent de la corruption, & de l'indé-

votion qui gagne jusques dans le sanctuaire, que je fasse briller ma pieté comme un
flambeau au milieu des ténébres.

● ●
● ●

CHAPITRE V.

Que l'indévotion est un bien plus grand crime que l'on ne pense.

JE ne parle pas de l'indévotion des profanes, mais de ceux qui veulent estre
appelez enfans de Dieu. Je parle de ces
négligences, de ces froideurs, de ces distractions, & de ces pensées vaines & charnelles qui traversent les exercices de la
pieté. La principale raison de la fréquen-
ce de ce crime, est l'opinion qu'ont les
hommes que c'est un trés petit defaut. Il
n'est rien qu'on ne dise & qu'on n'imagine pour se flater en ce vice. On dit que
c'est la nature de l'ame, d'estre active &
boüillante, qu'on ne la sçauroit fixer sur
un seul objet, qu'elle s'enfuit & s'évapore
à l'heure qu'on la croit mieux tenir, c'est,
disent-ils, une maladie de l'ame dont elle
n'est pas coupable. Ah, certes, quand il
seroit vray que ce seroit un mal entiére-

ment involontaire, cela mériteroit bien
qu'on déploraſt la miſére de l'ame. C'eſt
une marque d'un eſtrange déreglement, &
une preuve que le peché a cauſé là dedans
de grands deſordres. Si vous voyez un
homme au milieu d'un diſcours plein de
bon ſens, s'égarer tout à coup, & dire
mille extravagances, vous dites que c'eſt
un eſprit entiérement démonté. N'eſt-ce
pas auſſi une preuve d'un grand deſordre
dans un cœur, de ſe ſentir au milieu de ſes
devotes penſées, s'évaporer, ſortir, & faire
un ſaut hors de luy-meſme & de ſon ſujet,
pour s'aller jetter entre mille imaginations chimériques ? Mais outre cela je dis
qu'il y a du crime auſſi-bien que de la miſére en ce mal. Il ſuffit de ſçavoir que le
peché eſt cauſe de ce deſordre, pour eſtre
aſſeuré qu'il y a du peché. La production
d'une cauſe criminelle ne ſçauroit eſtre
innocente ; j'avoüe bien que la partie inférieure de l'ame corrompuë par le peché,
eſt ſemblable aux lieux mareſcageux, d'où
s'élevent continuellement des vapeurs au
ciel qui ſouvent obſcurciſſent le ſoleil :
Nos paſſions, il eſt vray, élevent les nuages de vains & de mauvaiſes penſées qui
dérobent à noſtre cœur la veuë de ſon Soleil ; mais que cela fait-il, s'enſuit-il que
ce ne ſoit pas un grand mal ? Tous les cri-

mes

mes ne viennent-ils pas de cette source,
en sont-ils moins crimes?

On s'imagine que l'esprit humain ne peut
estre fixé; cela est faux, & mille expérien-
ces nous montrent le contraire. Ayez à
paroistre devant un grand Prince pour défendre vostre vie, vous y penserez si bien
que vous ne penserez à autre chose : En
parlant à luy, vous ne souffrirez point de
distractions. Un avare qui conte ses tresors n'entend pas quand on vient fraper à
la porte de son cabinet : Un homme attaché sur une affaire importante, & qui luy
tient au cœur, ne sent point ces égarements d'imagination. Enfin, pour écouter
une comedie, on fournit des jours entiers
à l'attention. Il est donc vray qu'il seroit
aisé d'arréter cette legereté d'esprit de laquelle on se plaint comme d'un mal incu-
rable. Ainsi dans le vice d'indévotion il y
a de l'orgueil de ne se vouloir pas humilier
dignement devant Dieu, en la presence
duquel toute la nature tremble. Je voudrois bien sçavoir si un Roy trouveroit
bon qu'en luy faisant la révérence on luy
tournast l'épaule, & qu'on luy rendist
hommage avec un air de dédain. C'est ce
que nous faisons à Dieu. Nous ne luy
donnons pas la moitié de nostre cœur.
Méprifer & négliger celuy que les Anges

G

adorent, cela fe peut-il appeler un petit
peché ? *L'éternel régne que la terre tremble,*
c'eft ce que nous ne nous difons jamais à
nous-mefmes ; Et parce que Dieu ne fe
vange pas fur l'heure du grand mépris de
fa majefté, nous prenons fans frayeur l'habitude de le méprifer. Certes, quand il
n'y auroit dans l'indévotion que le crime
de la defobéiffance, ce feroit affez pour
nous rendre dignes de toutes les plus févéres peines. Nous fçavons bien que Dieu
nous commande l'ardeur & le zéle ; nous
ne pouvons ignorer qu'il ne nous appelle
à ravir le Royaume des Cieux comme des
violents. Nous entendons dire tous les
jours qu'il jette les tiedes hors de fa bouche : Nous lifons par tout que la vie du
fidelle doit eftre une courfe rapide, & non
pas une lente promenade ; Et enfin nous
fçavons bien qu'il veut que nous foyons
rongez du zéle de fa maifon. Au préjudice
de tous ces ordres, nous fommes froids &
languiffants. Hé qui fera donc obeï fi Dieu
ne l'eft pas ? *Luy qui fait des vents fes Anges,*
& de la flame de feu fes miniftres : Luy qui a
tant de moyens de fe vanger des rebelles,
& de récompenfer les obéiffants ; luy enfin dont les commandemens font toûjours
Juftes & toûjours faints.

Qu'on ne me dife donc point que c'eft

une legere faute, puisque c'est une preuve
tres-asseurée que nous n'aimons pas Dieu.
Ce n'est pas ainsi que nous cherchons les
choses du monde. *Cherchez*, dit le sage, *la
sapience comme l'argent, & la recherchez soigneusement comme les tresors.* Ha! plûst à
Dieu que nous pussions faire une eschan-
ge de sentimens, donner au monde ceux
que nous avons pour les choses célestes:
rendre aux choses celestes ceux que nous
avons pour le monde. N'est-ce pas un crime qu'on ne sçauroit exagerer, de refuser
à Dieu l'ardeur, l'attention, & l'attache
que nous avons pour la terre? Un crime
qui nous prive de Dieu n'est point leger;
un peché qui nous dérobe les consolations
divines n'est pas à négliger. C'est pour ce
crime que nous sentons si peu de douceurs
en nos dévotions, parce que Dieu ne se
laisse trouver qu'à ceux qui le cherchent,
& ne donne ces divines consolations
qu'aux ames qui en sont altérées, comme
le cerf est altéré des eaux courantes.

Mais présupposons avec ces consciences qui se flatent, que ces distractions &
ces langueurs de la devotion, sont des péchez d'infirmité, & par conséquent moins
sévérement punis ; que dirons-nous du
nombre & des fréquentes rechentes? cela
ne sera-t'il conté pour rien : *si tu méprises*

tes péchez, parce qu'ils sont petits, redoute-
les à cause qu'ils sont en grand nombre, disoit
S. Augustin. Quand ils paroistroient legers
au poids du sanctuaire, mesme le conte
nous perdra ; car enfin nous y revenons
tous les jours. Il n'est rien de plus petit
que des grains de sable, mais si on les ac-
cumule, on en fait une montagne. Pas à
pas on s'avance aux enfers, n'importe ce
qui nous y mene, un grand peché ou beaucoup de petits, on n'en est pas moins
damné. Les Egyptiens qui n'avoient souvent sur les bras que des grenouilles & des
mouches, ne laissoient pas d'estre réduits
à la derniére extrémité. N'appelons donc
pas petits péchez ceux qui donnent place
dans les enfers, s'ils ne sont expiez par la
repentance ; mais disons avec un Docteur
de l'onziéme siécle. * *Peut-estre croiras-tu*
quelques-uns de tes péchez petits : O plust à
Dieu que nostre sévére Iuge pust ou voulust les
juger tels : mais helas ! tout peché ne deshonno-
re t'il pas Dieu par la desobeissance ? Comment
donc le pécheur pourra-t'il appeler médiocres,
des péchez qui offensent un si grand Dieu ? O
bois sec & aride, inutile & digne des flammes
éternelles, que pourras-tu répondre au jour que
tu rendras conte d'un clin d'œil, qu'on mettra
tout le temps de ta vie à la balance, & qu'on

* Anselme.

te demandera à quoy tu l'auras employé ? Alors
on fera le procez à tout ce qui se trouvera chez
soy, non-seulement de paroles, mais de silence
oysif. On examinera jusques à tes moindres pensées ; ta vie mesme fera une partie de tes crimes
si tu n'as vescu pour ton Dieu. O malheur ! combien de péchez sortiront alors du lieu où tu ne
les vois pas aujourd'huy ? Ils te prendront au
dépourveu comme par une embuscade. Ils te
paroistront & en plus grand nombre & plus
terribles. Les œuvres que tu crois n'estre pas
mauvaises, ou mesme que tu considéres comme
bonnes, seront reconnuës de tous pour estre d'affreux & de noirs pechez. Cette difference,
* dit S. Basile, de grands & de petits pechez
ne se trouve point dans le Nouveau Testament,
une seule Sentence est prononcée contre tous ;
qui fait peché est serf de peché ; Et si nous nous
donnons la liberté de distinguer les pechez en
petits & grands, ce doit estre en ce sens, que
nous appellions grand tout peché par lequel nous
sommes surmontez, & petit tout peché que
nous sommes venus à bout de vaincre, comme
entre les Athletes le vaincu est toujours estimé
le plus foible, & le vainqueur le plus fort.
O que bien-heureux donc est l'homme qui
se donnera frayeur à soy-mesme, & qui se
delivre de ce dangereux préjugé que l'indévotion est un crime leger & pardonnable.

* *Regul. abbrev. quæst.* 2.

Méditation.

HElás, c'est une illusion contré laquelle j'ay bien besoin de munir
mon cœur que celle-là. Que j'ay de penchant à me flater en mes péchez, & à les
croire legers! Pauvre ame tu ne sens pas ta
maladie; tu crois estre saine, & peut-estre
que tu tends à la mort. C'est une maladie
dangereuse que de croire estre sain, & ne
l'estre pas. O mon cœur, ouvre tes yeux,
& regarde les périls où tu me jettes continuellement. Mes péchez me paroissent
aujourd'huy petits, mais un jour ils me paroistront grands. N'attendons pas davantage à en reconnoistre la grandeur & à en
sentir le poids, afin que dés à present j'en
aye horreur, & je m'en repente sur le sac
& sur la cendre. Alors ma repentance seroit trop tardive: je connoîtrois mon mal
& n'y trouverois plus de remede. Je bois
le péché comme le poisson boit l'eau; je
ne le trouve pas affreux, parce que je suis
accoûtumé à sa veuë, & j'estime mes péchez petits parce que je les compare à de
plus grands: & sur tout je conte pour rien
ma langueur, & mon indévotion, parce
que je me persuade que le nom de Dieu ne
peut estre offencé que par des impiétez &
des blasphémes.

Priere.

CEla vient, ô mon Dieu, de ce que je
ne te conçois pas auſſi grand que tu
es ; & je ne te conçois pas auſſi grand que
tu es, parce que je ne te voy pas. Je tremble en la preſence d'un homme aſſis ſur
un tribunal, le ſceptre à la main, la cou-
ronne ſur la teſte, & environné d'une
pompe royale. Je le crains, parce que
je le voy : ces objets qui frapent mes yeux,
eſtonnent mon ame. Je ſçay que tu es aſſis
au milieu des Chérubins, que les Anges ſe
couvrent le viſage devant toy, pour ne
pouvoir ſoûtenir l'éclat de ta Majeſté. Je
ſçay que des torrents de feu roulent devant ton Trône, pour conſumer tes ennemis. Je ſçay qu'il n'y a point de veuë ni
angelique ni humaine qui puiſſe ſoûtenir
la ſplendeur de tes regards, ni le feu de tes
yeux : mais je croy toutes ces merveilles,
& je ne les voy pas, & pourtant elles font
moins d'impreſſion ſur mon cœur. Je ne
ſuis ſenſible qu'aux choſes preſentes, mes
yeux ſont plus touchez durant les ténébres
de la nuit, de la foible lueur d'un ver lui-
ſant, que mon imagination n'eſt eſmuë de
toute la lumiére du Soleil quand il eſt ab-
ſent, & qu'il remplit de feux une autre

partie du monde. Tire donc, ô mon Dieu, tire le voile, fais-moy voir ta Majesté, redouble la force des yeux de mon ame : remplis mon imagination des idées de ta grandeur, & de ta gloire divine, afin que je ne viénne plus à me persuader estre peu coupable quand je me presente devant toy avec peu de révérence.

SECONDE

SECONDE PARTIE.

Des sources de l'indévotion.

CHAPITRE PREMIER.

De l'impureté de la vie ; premiere source
de l'indévotion.

’Est un grand mal que l'indévo-
tion, essayons d'en trouver les
sources, afin de retrancher le
mal dés la racine. L'une des
principales c'est l'impureté de la vie, il n'y
a rien qui desconcerte un cœur comme le
mauvais estat de la conscience ; rien qui
éteigne davantage le feu de la pieté que les
eaux sales & bourbeuses du peché. Le feu
ne prend pas aisément aux matiéres im-
buës d'eau ; la dévotion ne s'attache pas
aisément aux ames pénétrées de vice. Une
flamme esteint une autre flame, & le feu
des convoitises estouffe celuy du zele,
comme la flamme de la poudre à canon

H

éteint le feu d'un flambeau. La devotion
est une certaine allegresse de cœur qui
nous dispose à nous approcher de Dieu
avec confiance : mais comment aurions-
nous cette disposition quand nous sommes
dans le vice, en allant presenter à Dieu
des offrandes lesquelles nous sçavons luy
devoir estre abominables ? Car nous le
sçavons bien, que Dieu ne veut pas d'offrande soüillée. *Allez,* dit-il, *j'ay de la
haine pour vos festes solemnelles, pour vos moutons & vos bestes grasses, je les reçoy comme
le prix de la paillardise, comme le sang d'un
pourceau, & la teste d'un chien.* Helas !
l'homme le plus net ne l'est pas encore
trop pour se presenter devant Dieu avec
asseurance ; & les Prophetes peuvent dire,
*que feray-je moy qui suis homme soüillé de
levres, mes yeux ont veu le Seigneur, le Dieu
des armées.* Il ne se peut donc faire que
celuy qui n'a pas la robe de nopces, duquel le vêtement est couvert des soüillures
de la chair, n'ait de l'effroy en pensant à
celuy devant qui les estoilles & les Anges
ne sont pas nets : Et comment cette crainte, ou pour mieux dire cet horreur, pourroit-elle compâtir avec la dévotion, qui
est tout amour & tout asseurance. *Allons,*
dit l'Apôtre S. Paul aux ames devotes,
avec asseurance au thrône de grace, pour obte-

nir miſéricorde en temps opportun. Mener à
Dieu une conſcience criminelle, c'eſt luy
mener noſtre témoin ; c'eſt nous faire nôtre procez;c'eſt nous livrer entre les mains
de ſa ſévére juſtice : Il ne faut donc pas s'é-
tonner que le meſchant ſoit indévot, &
qu'il fuye la preſence de Dieu: mais quand
l'impureté de la vie ne feroit autre choſe
qu'ôter l'eſpérance d'eſtre exaucé,ce ſeroit
aſſez pour empeſcher la devotion. Toutes
nos vertus ſont intéreſſées, & qui leur ôteroit l'eſpérance leur ôteroit la vie. Comment donc un meſchant qui ſçait que Dieu
ne l'exaucera pas, pourroit-il prier devotement ? *Quand vous eſtrendrez vos mains,* &
que vous multiplierez vos oraiſons, je ne ré-
pondray point, dit Dieu, *parce que vos mains*
ſont pleines de ſang. C'eſt pourquoy S. Paul
veut que nous élevions nos mains pures,
ſans colére, & ſans querelles ; & David
dit, *s'il y euſt eu de l'iniquité en moy, le ſei-*
gneur m'euſt-il écouté ? C'eſt pourquoy il
proteſte ailleurs, *qu'il lave ſes mains en in-*
nocence devant que d'approcher de l'autel. Et
pourquoy auroit-il égard aux priéres de
ceux qui n'en ont point à ſes commande-
ments ? Sur ces principes, le meſchant dit
en luy-meſme, pourquoy me preſente-
rois-je devant Dieu ? Mes iniquitez ne
m'ont-elles pas fermé la porte des Cieux,

qu'iray-je demander à celuy qui est résolu
de me refuser ? Ce seroient des dévotions
inutiles, & des soûmissions qui ne servi-
roient qu'à précipiter mon supplice. Je
n'aurois pas le front de rien demander,
sans promettre quelque chose, mais je suis
résolu de ne rien tenir, & de continuer
dans ma manière de vivre. Il vaut donc
mieux que chacun se tienne où il est. La
devotion est d'une grande étenduë, elle
occupe tout le cœur, elle ne sçauroit habi-
ter dans une ame partagée entre l'avarice,
l'ambition, la violence, la volupté, l'a-
mour du monde. Si donc vous voyez
quelquefois de ces mondains qui ne refu-
sent rien à leur cœur, avoir leurs jours de
devotion bien réglez, & mesme quelquefois répandre plus de larmes, & pousser
plus de soûpirs que l'ame fidéle. Concluez
sans hésiter que ce sont de faux devots qui
veulent payer Dieu de mines, & tromper
les hommes par de belles apparences. Il y
en a peut-estre quelques-uns qui sont la
duppe de leur propre cœur, & qui croyent
n'estre pas mauvais devots, parce qu'ils
expient des mois de débauche par un jour
de jeusne. Mais ils se trompent, car la véritable devotion n'est pas inégale ny pleine de saillies. Elle ne ressemble pas à ces
torrens d'esté qui roulent avec précipita-
tion

tion & qui ne durent qu'un jour. La fain-
teté de la vie est donc un préliminaire d'u-
ne nécessité absoluë pour obtenir la devotion. Cette vertu est une des plus excellentes graces que nous recevions du ciel,
& l'un des plus précieux dons du S. Esprit;
mais c'est une perle qui ne se jette point
aux pourceaux. C'est un esmail qui s'ap-
plique seulement sur l'argent & l'or; c'est
une faveur en un mot qui ne se communique qu'aux seules ames privilegiées,
c'est à dire pures & nettes ; mais comme
nous avons à retoucher ce sujet en un autre endroit, il ne faut pas l'épuiser en celuy-cy.

Méditation.

QUi pourroit exprimer les maux &
les desordres que le peché a causez
en mon ame? Qui pourroit conter tous les
malheurs où m'engage l'impureté de mon
cœur ? Il faut qu'outre tous les autres
maux il me fasse encore celuy-cy, c'est de
me rendre incapable de la devotion. Le
peché a mis séparation entre mon Dieu &
moy, & voila pourquoy je suis mort, car
mon Dieu est ma vie, c'est l'ame de mon
ame. Je suis aveugle, car mon Dieu est ma
lumiere : Je suis pauvre séparé de luy, car
il est mon thresor & fait toutes mes riches-

fes : Je suis nud, car luy seul me donne des
vêtemens : Je suis malade, car ma santé &
ma force viennent de ce Soleil de justice
qui porte santé dans ses aîles. Le péché me
le dérobe & me le fait éclypser, & je demeure languissant éloigné du principe de
ma vie. Dans cette langueur je ne sçaurois
produire ces vigoureux mouvements de la
devotion qui élevent une ame & qui l'emportent vers le paradis. Le peché est une
épaisse humidité qui s'attache à mes aîles ;
c'est un poids qui m'accable, qui arréte
tous mes élans, & rend inutiles tous mes
efforts. Je sens une loy dans mes membres
qui combat, & s'oppose à la loy de mon
entendement, & qui me rend esclave du
peché : Tellement que je ne fais pas le bien
que je voudrois, je fais mesme le mal que
je ne voudrois pas.

Priere,

O Divin soleil de mon ame, viens dif-
siper ces nüages. Grand libérateur,
viens rompre ces fers, ouvre cette prison,
fais cesser cet esclavage. Tu es plus pur
que je ne suis soüillé, plus puissant que je
ne suis misérable, plus vivant que je ne
suis mort, tire-moy de ce malheureux
estat, de ce néant déplorable. Dégage-moy

de deſſous ce fardeau de la corruption, afin
que j'aille allaigrement, où plûtoſt que je
vole rapidement juſques à toy. Pardonne-
moy mes péchez, afin qu'ils ne me donnent plus d'effroy, & ne m'éloignent plus
de ton throne. Arreſte le cours de mes iniquitez, afin qu'elles n'empeſchent plus
mes priéres de monter juſques devant toy.
Ne permets pas que je continuë à me rendre indigne de tes faveurs par le mauvais
uſage que j'en pourrois faire, ni que je
contriſte ton S. Eſprit par les ſoüillures de
ma vie. Luy ſeul me peut inſpirer cette
ardeur que je cherche ; luy ſeul peut rendre mon ame devote, & ſa preſence ſeule
peut embraſer mes affections : Mais vien-
droit-il aporter ſes lumiéres dans une ame
ſi ſale & ſi ténébreuſe que la mienne ? O
Dieu prépare toy-meſme chez moy logis
à un ſi grand hôte, afin qu'il vienne, qu'il
m'anime, que je vive, que je t'aime, &
que je brûle du feu de ton amour & de celuy de la devotion.

I ij

CHAPITRE II.

De l'amour du monde : deuxiéme source de l'indévotion.

Voicy une des grandes raisons pourquoy dans le monde il y a si peu de devots, c'est que tous aiment le monde, &
cet amour est une des tentations les plus
efficaces dont le diable se serve pour nous
distraire & nous appeler ailleurs. Cet
amour a péntré nos entrailles, & cependant qu'il est le maistre de nostre cœur, le
moyen que l'amour de Dieu y loge ? car les
ténébres & la lumiere, le feu & l'eau, la
vie & la mort ne sont pas plus incompatibles : *qui aime le monde, l'amour du pere ne
demeure point en luy.* Où il n'y a pas d'a-
mour de Dieu, comment y auroit-il de la
devotion, qui n'est rien autre chose que
l'amour mesme ? Qu'est-ce qui fait le zele
& le feu des devots, n'est-ce pas l'amour?
Qui fait naistre les desirs de l'union avec
Dieu dans les ames devotes, n'est-ce pas
l'amour ? Qui fait trouver du goust dans la
possession, n'est-ce pas l'amour ? Qui don-

ne aux bonnes ames la promptitude &
l'allegresse à servir Dieu, n'est-ce pas l'a-
mour qui rend toutes choses faciles à celuy qui aime ? Mais autant que l'amour de
Dieu donne de secours à la devotion, autant l'amour du monde luy fait de cruelles
traverses. Il éteint l'ardeur, il estouffe les
desirs, il éloigne de Dieu, il ôte le goust
des choses célestes, il dérobe le cœur &
l'emporte ailleurs. La femme de Lot s'a-
vance vers la montagne, mais elle a son
cœur en sodome, elle y tourne les yeux ;
la partie supérieure de l'ame qui aime le
ciel, fait quelques efforts pour s'élever à
Dieu, mais cette partie inférieure où ré-
gnent les passions, tourne les yeux vers le
monde, & tire le cœur du commerce dans
lequel il commençoit d'entrer avec son
Dieu. Rachel en sortant de la maison de
Laban, emporte ses marmousets ; en quit-
tant le monde pour entrer en nos cabinets,
nous emportons ses idoles, je veux dire
ses idées & ses vaines images ; & de là
viennent nos distractions, & ces malheu-
reuses pensées qui nous traversent au milieu de nostre devotion. Ce sont les idoles
d'or & d'argent, Démons de l'ambition &
de l'avarice qui passent & repassent en nos
esprits cent fois en un quart-d'heure, afin
de nous distraire. Nostre cerveau quand

nous venons à la priere est rempli de mille idées de biens & de maux, de desirs & de craintes, de périls & de défiances, d'espérances & de desespoirs, de divertissements & de jeux, & de cent autres vains objets. Une ame déja toute occupée pourroit-elle bien donner place aux idées de la grandeur de Dieu, de sa majesté, de sa bonté, de sa miséricorde, & de son amour? La foy, la repentance, la charité, le zéle, l'espérance, la reconnoissance, & mille autres vertus qui composent la devotion, ou qui luy prestent secours, pourroient-elles bien compatir avec ces mouvements que le commerce du monde nous communique? Nous ne pensons qu'aux choses qui nous tiennent fort au cœur : Si nous aimions moins le monde, il ne nous reviendroit pas si souvent en l'esprit. Nous en sommes charmez, c'est un démon que nous ne sçaurions conjurer; on ne sçauroit trouver d'azyle contre ses persécutions; la solitude & les affreux objets du desert ne le peuvent bannir. Un Ancien nous dit qu'au milieu de ses macérations, son imagination le transporte de sa solitude dans les troupes des filles & au milieu de leurs danses. Je dis donc qu'il faut employer toutes ses forces à tarir cette source féconde si l'on veut estre devot. *Mes petits enfans n'ai-*

mez point le monde, ni les choses qui sont au
monde. Il faut crucifier le vieil homme, si
nous voulons *nous presenter à Dieu en sacri-*
fice vivant, saint & plaisant, qui est nostre
raisonnable service. Ainsi l'une des plus uti-
les méditations par laquelle on puisse se
préparer à la priere, c'est celle de la vanité
du monde. Il est bon de rentrer en soy-
mesme, de considérer la brieveté de la vie,
l'inconstance de la gloire du monde qui
fleurit au matin, & qui se flêtrit le soir. Il
est bon de redire souvent à son cœur ce
que le S. Esprit nous dit là-dessus ; *toute*
chair est comme l'herbe, & toute la gloire de
l'homme comme la fleur d'un champ ; l'herbe
est sechée, & sa fleur est cheute. Tu les em-
porte comme par un torrent, ils sont comme un
songe au matin, comme une herbe qui se change.
Les jours de l'homme mortel sont comme foin,
le vent passe, il n'est plus, & son lieu ne se
reconnoist pas : l'homme né de femme est de
courte vie, & plein d'ennuy, il passe comme
l'ombre qui s'enfuit, & qui ne revient jamais.
Ses richesses s'évanoüissent, & ses crimes
demeurent ; ses honneurs l'abandonnent,
& ses bourreaux ne le quittent jamais. En
criant ainsi à haute voix, *vanité des vanitez*
sur ce cœur infecté du mauvais air du monde, peut-estre en chasserons-nous ces pensées mondaines, peut-estre essaroucherons-

nous ces oyſeaux qui viennent ſoüiller noſtre ſacrifice, & devorer la bonne ſemence de la pieté que le ſemeur celeſte y avoit jettée.

Méditation.

QUe je ſuis miſérable ! j'ay beau crier *vanité des vanitez* ſur mon cœur infecté de l'amour du monde, il n'en devient pas meilleur. Je ſuis aſſez perſuadé de tout ce qu'on me dit. Je ſçay bien que le monde n'eſt compoſé que d'apparences. Je ſçay bien qu'il cache beaucoup de fiel & d'abſynthe ſous un peu de miel. Je ſçay bien que ſes voluptez ſont des filets qui enlacent les ames, & qui les traiſnent à la mort : Mais je ne ſçay comment ces connoiſſances demeurent en mon entendement, & ne font point d'impreſſion ſur ma volonté. Je croy, je voy, & je ne fais pas. Je voy mille & mille gens que le monde plonge dans la corruption, & qu'il mene aux enfers. Je voy qu'il eſt le grand ennemy de mon Sauveur, & que la premiere choſe qu'il entreprend ſur ceux qui ſe donnent à luy, c'eſt de leur ôter l'amour de Dieu. Il eſt meſchant, il eſt dangereux, je le ſçay, & cependant je ne ſçaurois rompre les liens qui me tiennent attachez

à

à luy. Je le fuis, il me fuit, il m'atteint
en tous lieux, & je le trouve par tout. O
mon cœur, fais un dernier effort pour
rompre ces malheureux liens, pour faire
divorce avec cet ennemy. Dis-luy d'un
ton ferme, va arriére de moy fatan, tu m'és
en fcandale. L'amour du monde eft ennemi de l'amour de Dieu, mais auffi l'amour
de Dieu eft ennemi de l'amour du monde :
ô mon ame fais donc entrer en ton fein
l'amour de ton Dieu, pour en bannir l'a-
mour du monde : mets aux mains ces deux
ennemis, & favorife le party de celuy qui
te veut fauver contre celuy qui te veut
perdre. Aime celuy qui t'aime, encore
qu'il te frape quelquefois comme s'il ne
t'aimoit pas ; aye de la haine pour celuy
qui te hait, encore qu'il agiffe comme s'il
t'aimoit. Rens à ce fervent époux un
amour auffi grand que celuy qu'il a pour
toy.

Priere.

MAis, ô mon Dieu, je ne fçaurois
t'aimer fans toy, ni ceffer d'aimer
le monde fans ton fecours. Arrache-donc
cette racine amere qui bourgeonne,& qui
me détourne de mon falut. Ouvre mes
yeux ; tire le voile de deffus le monde, ôte
le mafque & le fard dont il eft couvert, afin

que je voye toute sa laideur, & que mon ame en frémisse. D'autre part, fais-moy voir ta face, & toute ta beauté, afin que mon ame en soit ravie, & que je ne coure plus aprés les vanitez du monde. Enrichis moy de tes biens, afin que mon ame comblée ne souhaite plus rien, & que mes desirs meurent dans la joüissance de ton amour. Alors je courray en tes sentiers de toute ma puissance. Alors mon ame embrasée & pleine de feu celeste ne pourra plus estre empeschée de s'élever à toy avec toute l'ardeur que l'on doit avoir pour le souverain bien. Alors mon ame en ses devotions ne sera plus troublée par les vaines idoles du monde, ni par les fantômes. Remplie de toy & de ton amour, elle ne pourra plus fournir de place à aucun autre.

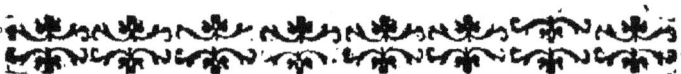

CHAPITRE III.

De la trop grande sensibilité aux plaisirs de la terre ; troisiéme source de l'indévotion.

CEt amour du monde est un grãd tronc qui se divise en beaucoup de bran-

ches, qui font tout autant de fources d'indévotion. La premiere branche de cet a-
mour, c'eft la trop grande fenfibilité aux
plaifirs de la terre. Ces plaifirs font de
deux fortes, les uns font fouverainement
criminels, & ce font ceux qu'on appelle
les débauches des gens du monde : & de
ceux-là il eft certain que non-feulement
l'exceffive fenfibilité, mais le moindre
gouft que l'on y prend, eft l'ennemi mortel
de la devotion. Les plaifirs fpirituels font
d'un gouft fi different des plaifirs charnels,
qu'on ne fçauroit en mefme temps aimer
les uns & les autres. Un palais imbu de
fiel & d'abfinthe, & qui n'auroit jamais
goûté d'autres faveurs, ne pourroit fouf-
frir noftre fucre & noftre miel. L'homme
pénétré des fades douceurs du peché, trouvera toutes les douceurs de la grace de
mauvais gouft. Il y a une autre forte de
plaifirs mondains defquels le monde foû-
tient l'innocence, parce que le crime n'y
eft pas fi vifible : quelques innocens qu'on
les dife, & qu'ils pûffent eftre, ils deviennent bientoft criminels par l'abus, & tous
peuvent eftre de grands obftacles à la devotion, pour peu qu'on y devienne fenfible. Le S. Efprit eft appelé le confolateur
& le gouft qu'un fidéle trouve dans les
exercices de la pieté, s'appellent les con-

folations divines : Mais à qui font deſtinez
& les confolateurs & les confolations,
n'eſt-ce pas aux affligez? En vérité ces ames
ſi remplies de la joye du monde ne ſont
donc pas propres à recevoir ces confolations ſpirituelles, & les impreſſions ſalu-
taires de ce divin confolateur. C'eſt pourquoy Jeſus dit, _bien heureux ſont ceux qui_
pleurent, car ils feront confolez. Et S. Auguſtin diſoit à Dieu ; _Tu es le ſeul vray & le_
ſeul ſouverain plaiſir capable de remplir une
ame ; tu rejettois loin de moy tous ces faux plai-
ſirs, & en meſme temps tu entrois en leur place,
toy qui eſt plus doux & plus agreable que tou-
tes les voluptez, mais non à la chair & au ſang.
La manne ne tombe ſur les Iſraëlites, que
quand les viandes qu'ils avoient aportées
d'Egypte ſe trouvent confumées. Certes,
cette divine manne de la grace, ces raviſ-
ſements, & ces joyes de la devotion, ne ſe
communiquent pas à ceux qui ont un ma-
gazin fourni des biens de l'Egypte, & des
plaiſirs du monde.

Une perfonne qui revient du bal & de
la comedie, quoyqu'on en puiſſe dire, eſt
tres-mal diſpoſée à la devotion. On a
beau dire en faveur du Theatre qu'on la
rendu chaſte, & que l'on y entend plus de
leçons de vertu, que l'on n'y voit d'exemples de vices, on dira ſi l'on veut que les

passions

paſſions n'y paroiſſent animées que pour
la défenſe de l'honneur , & que l'on n'y
produit pas d'autres ſentimens que ceux
de la généroſité. Pour moy je dis que les
vertus de Theatre ſont des crimes ſelon
l'eſprit de l'Evangile ; & quand on y en-
tendroit quelque choſe de bon, il eſt bien
ſoüillé par l'impureté des lévres & des
imaginations à travers leſquelles il paſſe.
O impieté , diſoit Clement d'Alexandrie ,
vous avez fait deſcendre le Ciel ſur le theatre,
& Dieu eſt devenu une Comedie ! O impieté,
pouvons-nous dire en l'imitant, vous avez
fait monter la vertu ſur le theatre, & vous
en avez fait une comedienne! Jeſus Chriſt
ne veut pas de prédicateurs en brodequins
les mouches & le fard ſur le viſage. *La tra-*
gedie , diſoit S. Ciprien, * *fait revivre en*
ſes vers les anciens crimes , afin qu'ils ne meu-
rent pas de vieilleſſe. On les tire de deſſous le
tombeau de dix ou douze ſiécles. On apprend
au ſiecle preſent des crimes auſquels peut-eſtre
il n'auroit jamais penſé : on l'advertit que ce
qui s'eſt fait autrefois ſe peut encore faire au-
jourd'huy ; ainſi l'on fait des exemples de ces
actions qui avoient ceſſé d'eſtre des crimes. Cependant c'eſt la tragedie de laquelle on
peut avec le plus de couleur défendre l'in-
nocence. Les Lacedemoniens eſtoient

* *Epiſt. à Donat.*

L.

bien plus fages qui banniſſoient ces mauvais arts dü milieu d'eux , parce diſoient-
ils qu'il n'eſtoit pas feur de violer les loix
meſme en apparence , & qu'on les devoit
reſpecter juſques fur le theatre. Cela me
fait ſouvenir d'un mot de Ciceron , qui
dit , qu'il n'eſt pas honneſte d'exercer par
un jeu d'efprit ſa Philoſophie & ſa Rhéto-
rique contre les Dieux, en combattant ou
leur exiſtence ou leur providence , ſans
eſtre Athée. Nous leur devons ce reſpect
de ne nous pas divertir à leur dépens. J'en
dis de meſme de la vertu : il n'eſt pas honneſte de ſe plaire à la voir ou joüée ou ou-
tragée ſur un theatre : Mais ſans tout cela,
ces ſpectacles ſont abſolument incompatibles avec la devotion, parce qu'ils rem-
pliſſent l'ame de vaines paſſions , & nous
avons beſoin d'une ame libre. Ils font naî-
tre des joyes & des triſteſſes réelles pour
des avantures imaginaires. Ils jettent dans
l'eſprit des idées , & dans le cœur des mouvements de vanité qui ruinent les ſaintes
diſpoſitions que nous voulons établir dans
une ame devote.

J'en dis de meſme du jeu , fureur qui
agite les hommes comme une eſpéce de
démon. Un homme voit rouler pour ainſi
dire ſa vie & ſa mort , ſa fortune & ſon
infortune dans un cornet, avec des inquié-

tudes & des transports inconcevables.
Son ame est agitée en mesme temps de
mille passions, de craintes, de desirs, &
d'espérances, & son cœur est mis entiérement hors de son assiete. Un tel homme
est-il bien en estat d'élever son ame à son
Dieu ? Ce seront de belles devotions que
celles qui se feront aprés avoir passé la
moitié de la nuit en cet exercice : La tempeste a esté trop grande ; les flots seront
longtemps agitez ; l'ame tardera longtemps
à se rasseoir, & encore aprés cela les douceurs de la devotion ne seront pas selon
son goust, parce que ce ne sont pas les
plaisirs de la chair ausquels seuls elle est
sensible. De là vient que les jeunes gens
sont rarement propres pour les élevations
de la devotion. Ils entrent tout nouvelle-
ment au monde, tout leur y paroist beau.
Ils avalent à longs traits ses plaisirs, & rien
ne leur semble plaisant que ce qui flate la
chair & le sang qui bouïllonne encore
dans leurs veines. De là vient encore que
le tempérament où le sang domine, qui
est le tempérament de la joye du monde,
est moins propre à la devotion, que celuy
dans lequel il entre un peu de terre & de
mélancolie. Le premier ressemble à une
matiére extrémement combustible qui
prend feu à la premiere estincelle ; mais le

second eſtant plus difficile à émouvoir, eſt moins ſenſible à ce qui charme les autres, & ce qui les pénétre ne l'effleure pas.

Il faut donc tirer les hommes d'erreur. Ils s'imaginent ſe pouvoir partager entre ces deux joyes, celle du ciel & celle de la terre, mais cela ne ſe peut. La loy mettoit au rang des animaux immondes ces oyſeaux amphibies qui nagent & qui volent, & vivent en deux élements, dans l'air & dans l'eau. C'eſt l'emblême des mondains; tout le jour ils nagent dans les voluptez de la chair, quelquefois par de foibles élans ils eſſayent de ſe tirer de là, & de s'élever aux cieux; mais il leur en arrive juſtement comme à ces oyſeaux aquatiques, dont le vol ne va qu'à friſer de leurs aîles la ſuperficie des eaux, & qui retombent incontinent. *Delicate & rare*, diſoit S. Bernard, *eſt la conſolation divine, c'eſt une femme chaſte mais jalouſe, qui méritant ſeule d'eſtre aimée, ne ſe peut donner à celuy qui court aprés les eſtrangeres.* C'eſt pourquoy Salomon crie, vanité ſur tous les plaiſirs de la terre, deſquels il avoit fait expérience à ſes dépens; car il avoit penſé luy en coûter le ſalut éternel: C'eſt pour cela meſme que David déclare ſi ſouvent qu'il ne veut point avoir d'autre plaiſir que celuy de ſon Dieu. *M'approcher de Dieu, c'eſt mon bien; luy eſtre* nni, *c'est mon tout : Laisse tout*, disoit Saint Augustin, *& tu trouveras tout, car celuy-là trouvera tout en Dieu, qui pour l'amour de Dieu méprisera toutes choses.* Voicy donc un des principaux conseils que l'on peut donner aux bonnes ames qui prétendent se disposer à la devotion. Renonce, renonce ame devote aux plaisirs de la terre, choisis des plaisirs spirituels : Que les saintes lectures te charment, comme les mondains sont charmez par leurs mauvais livres; Que les saintes assemblées & la prédication de la parole te divertissent, comme ils se divertissent à leurs criminels spectacles : Que les œuvres de miséricorde envers les pauvres & les affligez, te soient ce que sont aux gens du monde, leurs vaines courses, leurs jeux, & leurs conversations emportées, & si tu prens des relâches, que l'honnêteté & la sévére vertu soient les modératrices de tous tes plaisirs.

Méditation.

MOn ame, que tu és malheureuse d'être née en Egypte, & de n'estre pas sensible aux biens de la véritable Canaan ! C'est pourquoy tu tournes si souvent les yeux du côté du monde ; & à l'heure mesme que ton cœur devroit estre tout entier

dans le ciel aux heures de ta devotion &
de tes priéres, tu penses aux oignons, aux
aulx & aux potées de chair que tu man-
geois quand tu estois esclave du Diable &
du monde. Tu n'as pas encore goûté ces
delices des ames pieuses & dévotes qui disent, *Ie suis raffasiée comme de moelle & de*
graisse : Ah, que le Seigneur est bon, je l'ay
gousté, il ma mené en sa sale du festin, ses
amours sont plus douces que le vin & que les
rayons de miel, qu'il me baise des baisers de sa
bouche. Plûst à Dieu que j'eusse esté honoré
de ces communications secretes dont
mon Sauveur fait part à quelques ames
privilegiées, ce qui les comble de joye
mesme au milieu des supplices, & les fait
chanter dans les prisons & dans les fers.
Apprens mon ame, apprens à chercher en
Dieu tes plaisirs & tes delices, il en est la
source, toute joye qui ne vient pas de luy
se termine par la douleur, par la tristesse,
par les pleurs, par le desespoir, & par le
grincement de dents. Que souhaites-tu
mon cœur ? quelle est ta faim & ta soif ?
Aimes-tu la beauté ? tu la trouveras en
Dieu, & Dieu te la donnera à toy-mesme;
car tu deviendras glorieux & plein de lumiére par le commerce que tu auras avec
luy. Aimes-tu la vie & la santé ? *source de*
vie en luy gist, & par sa clarté nous voyons

clair, & il te communiquera une vie toûjours faine & toûjours vigoureufe, c'eſt la vie éternelle. Aimes-tu les plaiſirs? voicy il te fera boire au torrent de ſes delices, il t'enyvrera de ce vin préparé par la ſageſſe divine qui dit, *j'ay mixtionné mon vin, j'ay tué mes beſtes graſſes.* Il te fera voir des objets qui te raviront; il te fera entendre une douce & charmante muſique dans le concert des Anges & des Saints, qui chanteront éternellement les loüanges de nôtre Dieu. Aprés tant de biens ou déja receus ou déja poſſedez en eſpérance, pourrois-je eſtre ſenſible aux vains plaiſirs de la terre?

Priére.

O Mon Dieu, mon divin Sauveur, viens remplir mon ame de ces douceurs que tu communiques à tes fidelles ſerviteurs; donne-moy le pain deſcendu des cieux, la vraye manne & le pain des Anges qui me faſſe goûter des plaiſirs leſquels eſtouffent le ſentiment des plaiſirs du monde, & le gouſt de ſes divertiſſemens; que tes ſabaths faſſent mes delices; que ta parole me ſoit plus douce que le miel, & que les rayons de miel; & que la méditation des joyes que tu me prépares

dans ton ciel me raviffe de telle maniére,
que je ne fois plus ni au monde ni à moy,
mais que je fois tout entier à toy. Fais
defcendre en ma faveur les cieux fur la
terre ; élargis mon cœur, fais-en un petit
paradis, viens y répandre une fi grande
abondance de ta lumiére de grace, qu'elle
imite & approche la lumiére de la gloire.
Fais couler tes fleuves à travers le paradis,
plantes y l'arbre de vie, & y verfe une fi
grande affluence de biens, que ma richeffe
me faffe regarder avec un fouverain mépris celle du monde, & que de deffus le
thrône où tu auras placé mon ame, elle
regarde tous les palais de la terre comme
des cabanes.

CHAPITRE IV.

Des chagrins & foucis mondains ; qua-
triéme fource de l'indévotion.

Voicy une autre branche de l'amour
du monde, & un nouvel obftacle à la
devotion : Ce font les foucis & les chagrins de la terre. Démons noirs & triftes
qui nous viennent traverfer, qui nous tirent

rent souvent de la compagnie du Seigneur
Jesus Christ pour nous mener dans les se-
pulchres, & qui nous promenent dans les
tristes ruines de nostre fortune & de nôtre
grandeur. Il y a au monde plus de malheureux que d'heureux, ainsi cette tentation
est pour le moins aussi ordinaire que la
precedente, parce que le monde nous
tient au cœur quand nous l'avons perdu,
nous le pleurons amérement. Un homme
qu'un vent contraire éloigne du port malgré luy, tourne toûjours les yeux de ce côté-là, & ne le perd de veuë qu'avec un
regret inconcevable. S'il veut prendre du
repos, les images de sa patrie, de ses chers
enfans, & de ses amis, reviennent inces-
samment à la charge pour continuer son
supplice. Ainsi l'ame affligée qui se veut
retirer en elle-mesme pour s'unir avec
son Dieu, voit au milieu de ses exercices
les images de ses malheurs qui réveillent
sa douleur, & l'attirent du ciel dans le
creux des abysmes. Ce sont des guespes &
des mouches dont les éguillons sont per-
çans : Cependant que nous sommes attachez à un saint ouvrage, & que nous y
donnons toute nostre attention, elles
viennent ces mouches & nous piquent si
vivement, que nous sommes obligez d'y
porter la main. Ce sont les fouets dont

M

les exacteurs de l'Egypte fe fervent pour
nous hâter à l'ouvrage de la chair, & au
travail des briques. Ces exacteurs font
les Démons qui difent comme Pharao ; ce
peuple icy eft de loifir, puis qu'il veut fervir fon Dieu, redoublons fes occupations;
& là-deffus ils réveillent les foucis cuifants, rappelant en la memoire de l'un la
perte d'un procez, en l'autre le mauvais
eftat de fes affaires, & la chûte de fa maifon : En un autre une difgrace qui le me-
nace ; & ces penfées, comme autant de
pointes, hâtent l'homme de retourner à
fes travaux de paille, à fes occupations
mondaines qui luy font oublier le fervice
de Dieu. Quand donc nous voulons repofer dans le fein de noftre Dieu, il faut ef-
carter ces moucherons qui fiflent à nos
oreilles, & conjurer ces Démons : Et comme l'époufe difoit, *Filles de Ierufalem je*
vous conjure par les chevreüils & par les bi-
ches des champs, que vous n'éveilliez pas mon
amour jufques à ce qu'il le veüille. Auffi nous
faut-il dire, allez penfées charnelles, foins
de la terre, foucis cuifants, allez mauvais
démons, retournez en vos creux abyfmes, laiffez repofer mon ame, & ne trou-
blez pas fes faintes converfations, ne la
retirez pas d'entre les bras de fon bien-
aimé, duquel la poffeffion fait toute fa

joye & toute sa beatitude.

Il y a de bons remedes contre cette tentation, il ne faut que s'en servir. Le premier est de se défaire de l'amour du monde ; quand nous ne l'aimerons plus, nous
ne serons plus sensibles aux malheurs qui
nous viennent de sa part. N'aimons point
l'argent, les richesses, ni la grandeur, &
leur perte ne nous touchera plus. N'aimons que Dieu, & nous serons toûjours
contents, parce que nous ne le perdrons
jamais. Le monde fait bien payer l'intérest
de ses plaisirs ; la douleur qu'il nous cause
en nous abandonnant, est bien plus grande que la joye que nous goûtons en le pos-
sédant ; c'est pourquoy il s'en faut dessaisir
de bonne heure afin de le perdre sans chagrin. Si nous avons des soucis qui nous
semblent légitimes, & dont nous ne sçaurions nous défaire, suivons le précepte de
David, *remets tes soins sur Dieu, & il aura
soin de tout.* Nous ne manquons pas d'e-
xemples pour soûtenir cette confiance ;
nous pouvons produire un Elie dans le desert que les corbeaux nourrissent ; un Pro-
phete dans la fosse des lions que ces mon-
stres respectent ; des Israelites dans les
païs incultes & inhabitez sur lesquels les
cieux font pleuvoir du pain. Avons-nous
besoin d'asseurance & de promesses, voicy

celle du Seigneur Jesus. *Deux paffereaux ne*
tombent pas en terre fans voftre pere, les che-
veux de voftre tefte font tous contez, vous valez
mieux que beaucoup de paffereaux. Les oy-
feaux des cieux n'ont ni greniers, ni caves, &
Dieu les nourrit. Dieu qui a foin des petits
du corbeau qui crient, pourroit-il nous
abandonner ? Certes il faut avoir un grand
fonds d'incrédulité pour réfifter à tant de
promeffes. Aprés cela, revenons à penfer
que nos foucis ne changent rien en l'éftat
de nos affaires, & qu'ils bouleverfent nos
ames & les rendent incapables de la devotion. C'eft pourquoy le Seigneur Jefus
Chrift ne veut pas mefme que nous ayons
du foucy pour le lendemain, de peur que
cela ne trouble noftre dévotion d'aujour-
d'huy.

Il faut donc en entrant en noftre cabinet, nous dire à nous-mefmes, pourquoy
as-tu foin de tant de chofes, & peut-eftre
tu mourras demain. Tu crains de manquer
des chofes néceffaires, mais tu ne penfes
pas que ce néceffaire fe réduit à fi peu. Tu
as perdu du bien, tu crains d'en perdre,
c'eft que Dieu te retranche le fuperflu.
Aprés tout, comment crains-tu de manquer de quelque chofe, puifque dans le
moment tu vas trouver ton Dieu à qui
toutes chofes apartiennent : adjoûte avec
S. Au-

S. Augustin , *jettes-toy mon ame entre les bras*
de Dieu , & ne crains pas qu'il te laiſſe tomber,
car ſon bras ſouſtient les cieux & la terre. Et
cela eſtant dit, ferme la porte aux chagrins
de la chair , & en tombant à genoux mets
les ſous tes pieds.

Méditation.

HElas, j'ay bien ſujet de pleurer ; plûſt
à Dieu que ma tête ſe fondiſt en eau,
& que mes yeux devinſſent une vive ſource de larmes pour pleurer mes pechez:
C'eſt une triſteſſe ſelon Dieu , & une repentance ſalutaire de laquelle on ne ſe
repent jamais. A cét égard, mes yeux ſont
ſecs & arides comme des rochers. Il faut
que la verge de Moyſe me frape , & que la
frayeur des jugements de Dieu me ſaiſiſſe
avant que je puiſſe jetter des ruiſſeaux ;
Mais cependant je ne manque point de
larmes pour pleurer mes diſgraces & mes
infortunes mondaines. Je ne ſuis donc pas
avare de pleurs, mais je les diſtribue mal.
Pourquoy mon ame es-tu ſi touchée de la
perte de quelques biens dont tu n'avois
que l'uſage , & que la mort au moins te devoit infailliblement ravir ? Ne ſçais-tu pas
que le monde & ſa fortune ſont de verre?
ils brillent , mais ils ſont fragiles, un petit

N

coup les brife & les fait voler en efclats:
Pourquoy donc trouverois-tu êtrange que
le verre fe foit brifé entre tes mains? Pourquoy es-tu fi fenfible aux injures & aux
offenfes ? Et pourquoy fais-tu de la mali-
gnité d'autruy ta propre mifére? Pourquoy
pleures-tu fi amérement la perte des perfonnes que la mort ta enlevées ? Elles n'é-
toient pas à toy, elles eftoient à Dieu qui
te les avoir prêtées & qui les a reprifes:
Enfin, pourquoy es-tu fi prodigue de larmes defquelles tu ne retires aucun fruit ?
C'eft *employer fon travail à ce qui ne nourrit
point.* Quand tu pleures, ô mon ame, tes
malheurs, tes larmes ne font point ceffer
tes malheurs ; mais pleure tes péchez, &
tes larmes les détruiront. Elles les empor-
teront comme un torrent & comme un
deluge, & ils ne feront plus trouvez. Tes
chagrins & tes foucis charnels troublent
ta devotion, mais la douleur que tu auras
de tes péchez & de tes infirmitez, l'aug-
mentera, & Dieu te confolera.

Priere.

VIen donc Efprit confolateur qui nous
as efté promis par le Fils de la part du
Pere. Vien adoucir mes amertumes par tes
douceurs. Vien me récompenfer de mes

pertes par tes richesses. Vien me rendre la
joye qui surmonte tout entendement.
Vien me donner la pieté, afin que j'aye le
contentement d'esprit, & que l'un & l'autre joints ensemble me soient un grand
gain & fassent ma souveraine beatitude.
Vien mettre mon ame en une assiette si
ferme qu'elle ne puisse estre ébranlée par
les plus-rudes coups. Vien me rendre ce
que j'ay perdu, biens, possessions & maisons, mary, femme, enfans, pere, mere,
parents, & chers amis. Vien, ô mon Sauveur, fais que je te possede parfaitement,
& que tu me tiennes lieu de toutes choses.
Le monde m'a osté tout ce qu'il m'avoit
donné, mais il ne sçauroit me ravir ce que
tu me donneras. Je te fais un sacrifice de
tous les biens que je n'ay plus ; si je ne les
ay pas perdus pour ton nom, au moins j'en
souffre presentement la perte patiemment
à cause de ton nom ; c'est pourquoy j'espé-
re que tu m'en récompenseras comme si je
les avois perdus pour toy. Dans cette espérance, je bannis loin d'icy mes chagrins,
afin qu'ils ne viennent plus troubler mon
repos. O mon Dieu, fais des murailles de
mon cabinet des remparts impénétrables,
qui ne puissent estre percez par les traits
de la persécution de mes ennemis ; Tellement que je sois icy en ta présence com-

me dans un port tranquille & affuré contre les tempeftes dont ma vie eft agitée ; & qu'ainfi le commerce que mon ame veut avoit avec toy ne foit pas interrompu par le fouvenir de mes malheurs , mais que j'oublie dans ton fein tous mes maux & toutes mes trifteffes.

CHAPITRE V.

Des occupations exceffives ; cinquiéme fource de l'indévotion.

C'Eft encore icy une autre branche de l'amour du monde, & un autre obftacle à la devotion : Nous aimons le monde, & nous nous donnons tout entiers à fes occupations. L'un s'employe au trafic, & il ne penfe à autre chofe. L'autre eft accablé d'affaires eftrangeres dont il fait fes propres affaires par intéreft ; il plaide à ce qu'il dit pour la défence de la juftice, mais fouvent c'eft pour l'iniquité ; & cependant qu'il gagne fes caufes, fouvent il perd fa confcience. Un Médecin vifite fes malades à deffein de faire payer bien cher fes fervices. Un homme d'affaires eft toûjours

dans les comptes ; l'Artifan exerce fon art;
le laboureur l'agriculture, & à cela s'en va
le plus beau & le meilleur du témps : &
tant le monde eft corrompu, on croit par
là mériter des loüanges, parce qu'entre
les maniéres de perdre le temps celle-là eft
la plus innocente, mais elle devient criminelle auffi-toft qu'elle nous dérobe à
noftre Dieu, & qu'elle relafche noftre
pieté. L'efprit humain eft ainfi fait, il ne
fçauroit tendre vigoureufement qu'à un
feul but, il ne peut vouloir ardemment
qu'une feule chofe : tellement que fi tu
donnes l'ardeur de tes defirs, & la force de
ton attachement à ta famille, & à tes occupations, Dieu n'aura en partage que
les reftes de ton ame, & des mouvements
languiffants.

Je ne prétends pas que les perfonnes de
toutes conditions fe donnent tout entiéres
à la contemplation. Cette vie toute contemplative eft la vie des Anges, & non celle des hommes ; & puifque nous fommes
en partie corps, il nous faut auffi vivre
d'une maniére qui foit en partie corporelle. Un oyfeau, quelque forte que foit
fon aîle, ne fçauroit pas toûjours voler ;
une ame n'a pas affez de force pour eftre
toûjours élevée dans les cieux. Je fçay de
plus qu'il faut fervir aux néceffitez de la

nature : Enfin je ne m'oppofe pas à l'ordre
que l'homme a receu de Dieu de manger
fon pain à la fueur de fon vifage, & de travailler fix jours la femaine. Je voudrois
feulement que les occupations de Marthe
ne donnaffent point d'empefchement aux
œuvres de Marie, & que le corps n'étant
que la moindre partie de nous mefmes, il
n'emportaft pas la meilleure partie de nôtre temps. Helas, s'il y a quelque chofe en
quoy nous ayons fujet de nous loüer de la
condefcendance de Dieu, c'eft en cecy.
Tout noftre temps eft à luy, mais il nous
en rend fix parties de fept, *travaille fix*
jours, & fe repofe au feptiéme. Puifqu'il
s'eft tant relafché, nous dévrions du moins
eftre bien exacts à luy payer cette difme de
noftre temps, un jour de fept, une heure
de fept : Six heures ne fe doivent donc pas
écouler en une journée fans revenir à Dieu
pour luy donner la feptiéme. Faites plus,
& ne vous imaginez pas en pouvoir faire
trop, puifque vous luy devez tout.

Pourquoy n'auriez-vous pas les mefmes égards pour l'ame que vous avez pour
le corps ? Vous donnez à celuy-cy fes repas & fon repos, & vous interrompez
pour cela vos plus importantes occupations, afin de réparer fes forces diffipées.
Prenez garde qu'il ne fe faffe une trop

grande diffipation des efprits de la grace;
rappelez l'ame à fes exercices de devotion
comme à des repas, qui la rendent vigoureufe ; comme à un fommeil, durant lequel elle eft couchée dans les bras de fon
Dieu, remplie de faintes idées & d'agrea-
bles vifions. Il faut dis-je travailler fouvent à ce divin recueillement, & retirer
l'ame de ces courfes vagues qu'elle fait fur
les chofes humaines.

Les repas faits en courant font fuivis
d'une difficile digeftion, & d'affez peu de
fruit, c'eft pourquoy l'on fe repofe en
mangeant. Qu'un homme ne s'imagine
donc pas pouvoir fervir Dieu en faifant
autre chofe. Ces devotions turbulentes &
agitées font de mauvais repas qui char-
gent la confcience au lieu de la nourrir. Il
faut donc prendre fur nos occupations
ordinaires de bonnes heures, dans lefquelles noftre ame fe retire comme dans un
port pour y joüir du calme aprés la tem-
pefte. Cependant qu'une eau eft agitée,
elle ne fçauroit ni bien recevoir ni bien
rendre l'image du foleil ; ainfi une ame
dans une action continuelle ne fçauroit
bien recevoir les impreffions de la grace,
les rayons de Jefus Chrift, ni l'image de
noftre grand Dieu. Mer agitée tiens-toy
donc coye, arrefte tes ondes pour eftre le

miroir des cieux, afin que toutes ſes lumiéres te puiſſent pénétrer, & ſe peindre
en toy. *Comment la connoiſſance de Dieu, di-*
ſoit S. Baſile, *pourroit-elle entrer dans une*
ame occupée d'une foule de penſées charnelles?
Il faut eſtre maiſtre de ſon temps & de ſoy-
meſme pour ſe donner à Dieu. Pharao le ſça-
voit bien, puiſqu'il diſoit aux Iſraëlites ce que
vous dites, allons & ſervons à noſtre Dieu,
vient de ce que vous eſtes de loiſir.

Dieu, je l'avouë, n'aime pas les oiſifs;
& comment aimeroit-il les vies oiſives,
puiſqu'il doit punir les paroles oiſives?
Mais auſſi n'aime-t'il pas les gens trop occupez : *Marthe, Marthe,* dit-il, *tu te tra-*
vailles aprés beaucoup de choſes, ta ſœur Marie
a choiſi la bonne part. Elle ne travailloit
pas à de mauvaiſes choſes, mais à trop de
choſes : Elle faiſoit meſme de bonnes œuvres en faiſant ce qu'elle faiſoit ; elle ſer-
voit le Seigneur Jeſus Chriſt, elle luy pré-
paroit à manger & à boire. S'il peut y
avoir de l'excez en ces ſaintes occupations, quand elles nous empeſchent de revenir aſſez ſouvent à noſtre Dieu, que
doit-on croire des occupations du monde?
Quelles gens ſeront exclus du ſacré feſtin
du Seigneur? Ce ſeront ces occupez deſquels l'un a acheté une couple de bœufs,
& veut l'aller éprouver ; l'autre a acheté
une

une maifon, & il la veut vifiter ; l'autre a
pris une femme en mariage, & il veut l'aller époufer. Telles perfonnes trouveront
la porte fermée, elles n'ont pas eu le
temps de venir, on ne trouvera pas celuy
de leur ouvrir. On leur dira auffi-bien
qu'aux autres, ouvriers de neant, allez je
ne vous connois point. Ne difons donc
point, il faut que j'aille aujourd'huy là,
demain ailleurs ; il faut que je fafle une
telle chofe, & une telle affaire, & aprés
nous fongerons à Dieu. Ah, mon ame, ta
grande affaire c'eft de te bien mettre avec
ton Dieu, c'eft de le confulter fouvent
fur la difpofition dans laquelle il eft pour
toy, c'eft de folliciter fa clemence, & d'im-
plorer le fecours de fa grace ; c'eft de luy
payer tes juftes hommages, & ainfi le mettre en tes interefts. C'eft la feule chofe néceffaire, choifis donc *la bonne part, qui ne*
te fera pas ôtée : une feule chofe fais-je, c'eft
qu'en laiffant les chofes qui font en arriere, je
m'avance à celles qui font en avant tendant au
but.

Que l'indévot ne nous vienne donc
point objecter la multitude de fes occupations ; les plus occupez dérobent des moments pour le plaifir, on en peut bien
prendre pour le devoir. Qu'on ne nous
oppofe pas non plus la bonté & l'innocen-

O

ce des occupations ; rien n'eſt innocent
qui nous rend coupables devant Dieu en
nous éloignant de luy : mais que dirons-
nous de ces perſonnes qui ſe font une affaire d'un ajuſtement, de bien tourner une
coiffure, de bien arranger des boucles, qui
conſultent cent fois un miroir pour bien
placer chaque choſe en ſon lieu ; qui em-
ployent le plus beau de leur vie à ces occupations oiſeuſes, & qui ne trouvent pas
d'heures au milieu de tout cela pour con-
ſacrer à la devotion ! Je dis que ces femmes
auront à rendre conte de tout, & du temps
qu'elles auront ſi miſérablement perdu,
& de leur beauté dont elles auront fait un
ſi mauvais uſage , & de l'injuſte partage
qu'elles auront fait entre Dieu & leur Ido-
le , puiſqu'elles auront donné toutes leurs
heures au ſervice de celle-cy, & à Dieu
ſeulement quelques momens de devotion
précipitée.

Méditation.

PAuvre ame , que tu és malheureuſe
d'eſtre obligée de ſervir perpétuellement un corps qui ne te rend que du mal
pour tout le bien que tu luy fais. Tu te
travailles aprés beaucoup de choſes ; tu
cours d'un bout du monde à l'autre, tu eſ-

fuyes les orages de la mer, tu t'exposes à
fa fureur; ton corps eft brûlé par les ar-
deurs du foleil; tu paffes des climats glacez
à la zone torride; tu vogues fur la bouche
des abyfmes des années entiéres pour aller
bien loin chercher des richeffes, de l'or,
de l'argent, des pierreries, & des delices:
fi tu ne fais cela tu fais autre chofe qui ne
vaut pas mieux, & tu foûtiens des travaux
auffi grands, & qui ne font pas moins
vains, & le tout pour un corps qui eft poudre, & qui doit retourner en poudre. Il
eft vray que c'eft un joug que Dieu t'a im-
pofé d'avoir foin de ton corps, mais tu ag-
graves infiniment ce joug. Le corps fe
contenteroit de peu, fi tu voulois le fervir comme il doit eftre, & par conféquent
il ne te déroberoit que peu de temps, mais
tu luy donnes tout: Quel aveuglement, &
quelle fureur! Que te reviendra-t'il de
tant de travaux? Le corps pour lequel tu
prens tant de peines, ne remportera de
toutes ces richeffes que tu luy amaffes,
qu'un linceüil, un drap mortuaire, & cinq
ou fix pieds de terre. O mon ame, c'eft à
toy que tu devrois penfer, & pour toy que
tu dévrois travailler. Tu és la reine, & tu
deviens l'efclave; tu dévrois eftre fervie,
& voila tu fers. Tu négliges d'amaffer les
véritables richeffes, & c'eft pourquoy tu

és pauvre, aveugle & nuë. Je te conseille donc que tu achetes de l'or, des vêtemens, & des aliments de celuy qui te dit, *venez aux eaux vous tous qui estes alterez, achetez du vin & du laict sans argent.*

Priere.

O Mon Dieu, fay-moy connoistre que tu és le souverain bien, le seul bon, le seul digne d'estre cherché, & le seul digne d'estre aimé, afin que je ne coure plus aprés ces vaines ombres de grandeur & de gloire. Fay-moy connoistre les vrais biens, afin que je leur donne tout mon amour & tous mes soins, que je ne fasse plus ma principale vertu de cet attachement aux occupations du monde ; que je serve mon corps comme un esclave qui a de l'inclination à se rebeller, mais que je te serve comme un maistre duquel les inclinations me sont toûjours favorables. Que je cherche premierement ton royaume & ta justice avec assurance, que tout le reste me sera donné par dessus. Ne permets pas que mon ame soit ingrate & défiante, & qu'elle vienne à douter de la bonté de celuy qui luy a donné tant de marques de ses soins & de ses tendresses. Comment peut-elle craindre, ô mon Dieu, que tu me laisses

manquer

manquer de quelque chofe, toy qui fournis aux petits du corbeau qui crient à toy
& aux lionceaux qui fe repofent dans
leurs tannieres ? Elle fe travaille aprés
cette vie comme fi elle devoit eftre éternelle, & elle néglige l'autre vie comme
fi elle ne devoit jamais venir. Mon Dieu
je croy, mais fubvien à mon incrédulité;
fais-moy voir la vérité & l'excellence de
la vie éternelle, afin que je néglige la vie
prefente ; que je me faffe des amis qui me
reçoivent dans les tabernacles éternels :
que j'acquiere des richeffes lefquelles je
puiffe emporter avec moy, & que je faffe
choix de la bonne part qui ne me fera
point oftée.

CHAPITRE VI.

*Sixiéme fource de l'indévotion ; la coû-
tume de laiffer égarer fon efprit
fur differents objets.*

JE croy que c'eft encore icy une autre
fource de noftre indévotion, & fur tout
de nos diftractions. Nous ne fçaurions fixer noftre cœur durant la priére, noftre

P

esprit s'égare, & noftre attention fe perd.
D'où vient cela ? c'eft de la mauvaife coûtume que nous avons de donner l'effort à
noftre imagination. Elle eft en l'homme
ce que le vif argent eft dans les metaux ;
elle roule, elle s'écoule, un peu de feu la
fait évaporer, & pour ainfi dire s'évanoüir
en fumée, tant elle devient fubtile. Nous
luy permettons de faire tout ce que bon
luy femble: Elle vole quelquefois d'orient
en occident, du midy au nort, du ciel en
terre ; & comme fi les bornes de l'univers
eftoient trop petites pour elle, elle paffe
au-delà, & va fe perdre dans les efpaces
imaginaires. Elle ne fçauroit non plus fe
renfermer entre les limites du temps, elle
va jufques à l'éternité, elle demande ce
que c'eft, & elle veut fçavoir ce qui étoit
quand il n'y avoit encore rien. Si elle fe
refferre dans l'univers au milieu de ce
grand efpace, elle voltige fur tous les êtres,
elle nage fur toutes les matiéres, & n'en
pénétre aucune ; & comme fi ce qu'il y a
de creatures ne fourniffoit pas affez d'employ à fes actions, elle travaille fur des
eftres de fa façon ; elle imagine des chimé-
res, des fantômes ; elle fait des montagnes
d'or, des mondes dans la lune, des cen-
taures, & des hippogryphes ; & ces mouvements font la plufpart du temps fi

prompts, qu'en un quart d'heure de refve-
rie nous nous trouvons fi loin, que le plus
habile de tous les hommes par noftre derniére penfée, ne devineroit jamais qu'elle
a efté la premiere. Aprés cela demande-
rons-nous d'où viennent ces égarements
de noftre cœur dans les exercices de la pieté? Comment voulons-nous qu'une ame
accoûtumée à s'égarer, fe fixe & s'arrefte
tout d'un coup? C'eft un cheval qui n'a
point encore receu le mords, il n'a fait
que bondir nuit & jour dans les prairies.
Quand on luy veut mettre la felle fur le
dos, & le frein en bouche, il brife tout, il
jette en bas celuy qui le monte, & s'en retourne d'où il eft venu. Quand nous voulons recüeillir noftre ame, elle fe diffipe
comme la flame; elle nous abandonne,
rompt le frein de la pieté, & avant que
nous nous foyons apperceus de fes pré-
mieres démarches, nous la trouvons plongée dans la diverfité de fes vaines penfées.
S. Auguftin a bien reconnu que c'eftoit-là
la caufe de nos diftractions. *Lors,* dit-il,
que noftre efprit fe remplit de ces fantofmes, &
qu'il porte fans ceffe avec foy une infinité de
vaines penfées, il arrive de là que nos priéres
en font fouvent troublées & interrompuës; &
que lors qu'eftant en ta prefence, ô Dieu, nous
nous efforçons de te faire entendre la voix de

noſtre cœur, une action de telle importance eſt
ſouvent traverſée par des imaginations frivo-
les qui viennent de je ne ſçay où ſe jetter à la
foule dans noſtre eſprit.

Si nous avons bien compris la nature
du mal, nous concevrons aiſément le remede. Les maux ſe doivent guerir par leur
contraire ; apprenons à donner des bornes
à noſtre imagination, ne la laiſſons pas
aller ſi loin, afin que nous ayons moins de
peine à la ramener ; c'eſt à dire, que pour
diſpoſer noſtre cœur à la devotion, il faut
accoûtumer noſtre eſprit à penſer à peu
de choſes, & à de bonnes choſes : c'eſt un
mercure qui ſe doit fixer en l'appliquant
à de l'argent & de l'or ; c'eſt une faculté
vive à laquelle il faut donner la bride &
le frein. Mais ne nous imaginons pas que
le ſecret de guérir cette maladie de l'ame,
ſoit de retenir noſtre eſprit dans une privation de toutes penſées ; cela n'eſt ni poſſible à la nature, ni utile à la grace. L'i-
magination de l'homme eſt trop active, il
eſt impoſſible de la tenir à rien faire, c'eſt
la faire mourir que de la laiſſer ſans employ, car elle ne vit qu'autant qu'elle agit.
Dieu ne nous a pas donné des facultez ſi
nobles pour les enſevelir dans une hon-
teuſe pareſſe. Aprés tout, un eſprit qui
ſe ſeroit habitué à ne rien penſer, auroit

pour le moins autant de peine à s'attacher aux œuvres de la pieté, qu'on en a à le ramener de ses égarements, & de ses courses.

De tout cela je conclus, que les occupations des sçavants sont peut-estre les plus ruïneuses à la devotion qu'aucunes qui soient au monde. L'œil n'est jamais las de voir, ni l'oreille d'entendre, & bien loin de conter cela entre les defauts, on en fait une grande vertu. A la faveur de ces grands noms de sciences, de belles connoissances, de recherches curieuses, de spéculations sublimes, de découvertes miraculeuses, on establit dans le monde une méthode de dissiper l'ame d'une dissipation quasi sans remede. Plûst à Dieu que l'experience ne nous donnast point de preuves de cette vérité ; mais il est tres-certain & tres connu, que les Athées ne se trouvent pas dans la foule du vulgaire. Les Epicures, les Protagores & les Diagores ont esté de sçavants hommes & de rares esprits. La chose est passée en proverbe. On dit que ceux qui à cause de l'art dont ils font profession, sont obligez d'estudier beaucoup la nature & les causes secondes, s'y attachent si fort, qu'ils oublient de monter à la premiere cause. Ces hommes si sçavants dans l'antiquité, & qui font

bruit dans l'empire des lettres pour leur
sçavoir, n'en font pas dans l'Eglise pour
leur grande devotion. La seule estude des
choses saintes peut inspirer une habitude
de pieré, encor voit-on assez souvent de
grands Théologiens demeurer mauvais
chrêtiens, parce qu'ils ne raportent pas
leurs travaux à Dieu ni à sa gloire, ils travaillent pour eux-mesmes; ils sont le but
de leurs propres veilles. Je ne conseillerois donc jamais à celuy qui veut devenir
tres-devot, d'embrasser tant de choses, ni
de se remplir le cerveau de conjectures, &
la memoire de ces *peut-estre*, dont ce qu'on
appelle les belles sciences sont compo-
sées; outre que cette acquisition donne
une habitude d'orgueil, ennemie de l'esprit de devotion, elle inspire encore un
esprit de Pyrrhonisme & de doute, qui de
la Philosophie passe à la Théologie. Parce
qu'on n'a rien trouvé de certain dans les
sciences humaines, on prend la mesme
liberté de douter dans les révélations divines. On l'accoûtume à juger des choses
selon les lumiéres de la raison, pour condamner tout ce qui ne s'y accorde pas, &
l'on est assez téméraire pour apporter dans
l'Eglise ce principe qu'on devoit avoir
laissé dans l'escole. Ce n'est pas que je
veüille estre l'advocat de l'ignorance; puis-

que nous sommes citoyens du monde, il
nous est permis de nous enquérir un peu
de ce qui s'y fait : Mais l'autheur de la nature de laquelle nous faisons partie, nous
fait bien voir avec quelle retenuë nous
devons nous avancer à la découverte de
ces secrets. Il ne nous a montré que les
effets, & nous a caché presque toutes les
causes ; ce qui nous apprend que nous
pouvons aisément nous passer de ces connoissances, par la raison que les choses
cachées ne sont pas pour nous. Je ne sçay
mesme si un peu d'ignorance ne seroit pas
plus utile pour la gloire du Createur. Si
nous connoissions la nature autant que
nous la voudrions connoistre, peut-estre
admirerions-nous moins son autheur ; car
à ce que l'on dit, l'admiration est la fille
de l'ignorance, & il est certain que nous
prenons habitude de ne point admirer les
plus belles choses, parce que nous les
voyons & les connoissons trop.

Le desir de sçavoir nous trompe, mais
gardons-nous de ses surprises ; il en a trop
coûté à nos premiers parents pour avoir
voulu connoistre le bien & le mal comme
des Dieux. Quand ils estoient bons, ils
ne sçavoient pas mesmes qu'ils estoient
nuds, ils n'acquirent cette science & bien
d'autres que par la perte de leur innocen-

ce. La seule connoissance de Dieu doit estre le sujet de nos travaux, c'est assez de-quoy nous occuper toute la vie. *Bien-heu-reux est celuy qui te connoist*, disoit S. Augustin, *encore qu'il ne connoisse autre chose, & miserable est l'homme qui connoist tout sans te connoistre. Mais celuy qui connoist & toy & toute autre chose, est heureux non parce qu'il connoist ces autres choses, mais parce qu'il te connoist.* O mon ame, ne cours donc pas aprés ces vaines ombres de science, ou si tu cours aprés elles, que ce soit comme aprés des ombres, sans attachement & sans amour. Attache-toy seulement à la contemplation de ton Dieu ; c'est un admirable objet, il est infiniment plus grand que toutes les creatures ensemble ; cependant cét objet vaste ne causera point cette dissipation inséparable de la contemplation des creatures : c'est un infini, mais qui se rassemble dans un point : c'est un soleil qui réünit tous ses rayons dans le fonds de ton cœur pour le remplir & de lumiére & de flame. *Que l'ame devote*, disoit S. Basile, *soit un miroir & une glace pure qui ne reçoive l'image de qui que ce soit que de son divin espoux. Qu'elle demeure toute occupée par cette image, afin que les choses estrangeres y venant, n'y trouvent aucune place pour s'y peindre & s'y contempler. Astre éternel*, disoit un autre,
tre,

tre, *toy qui és la source de toutes les lumiéres creées, pénétre le fonds de mon cœur de l'un de tes rayons, qui me purifie, qui me réjoüisse, qui m'éclaire, qui vivifie mon ame & toutes ses puissances pour les unir toutes à toy.* Si nous faisons quelque violence à nostre esprit pour l'arréter sur ce seul & cet unique objet, il nous en reviendra le bien que nous cherchons, c'est le remede à nos distractions indévotes. Quand nous aurons tenu longtemps cette ame legere & évaporée dans les fers de la méditation divine, elle deviendra plus grave & plus pesante ; elle ne nous eschapera pas avec tant de facilité ; & comme en nous fuyant elle ne s'enfuit que dans les routes qui luy sont connuës, & ne tombe que sur les idées qui luy sont familieres, cependant que les pensées diverses luy seront estrangeres par le peu de commerce qu'elle aura eu avec elles, elle ne s'y portera pas aisément.

Méditation.

QUe les hommes se connoissent peu, & l'étenduë de leur esprit, d'embrasser tant d'objets tout à la fois ! Mon ame, fais ton profit des fautes de tes voisins ; tu as assez dequoy t'occuper dans la contem-

Q

plation de ton Dieu. Ne travaille à connoiſtre que luy, & ſi tu veux autre choſe,
fais en ſorte que toutes les autres connoiſſances te conduiſent à la connoiſſance de
ton Dieu. C'eſt en vain que tu eſpéres
joindre la ſcience du monde avec celle du
ciel ; ton cœur eſt déja trop petit pour ce
Dieu qui eſt infiny, & pour cet objet qui
n'a point de bornes, & ſi une fois, ô mon
ame, tu te laiſſes occuper par les images
de toutes les creatures, où trouvera place
l'image de ton Dieu ? Les yeux des hiboux
accoûtumez aux ténébres, ne ſçauroient
ſouffrir l'éclat & la ſplendeur du ſoleil.
Un eſprit toûjours occupé dans la contemplation des choſes corporelles, ne ſçauroit ſoûtenir l'éclat de cet eſtre des eſtres,
de cet eſprit pur qui brille par tant de
clartez.

Priere.

O Soleil inviſible & glorieux qui ne
découvres tes beautez qu'aux ames
purifiées des vaines images du monde, nettoye mon ame par la pureté de tes rayons,
chaſſe les ténébres qui occupent mes yeux,
& bannis de mon imagination les vains
fantômes qui m'empeſchent de contempler uniquement les pures lumiéres de ta

vérité. Je te connois, ô mon Dieu, parce
qu'il t'a plû de te révéler à moy ; mais
qu'eſt-ce que je connois de ta grandeur
au prix de ce qui en eſt, & de ce qui s'en
peut connoiſtre ? Je te voy obſcurément,
je forme en moy une idée de ton eſſence &
de ta majeſté qui te ravalle infiniment au
deſſous de toy-meſme. Je te fais ce tort,
ô mon Dieu, & je n'en ſuis pas coupable,
car je ne ſçaurois faire autrement. Je t'en
demande pardon, je ſens bien que je ne te
conçoy pas tel que tu és, c'eſt la faute de
mon eſprit bien plus que celle de mon
cœur. Purifie mes yeux, afin que je te
contemple d'un regard auſſi vigoureux
que celuy d'un aigle qui contemple le ſoleil. Que la connoiſſance de ta beauté me
charme & me rempliſſe en ſorte que je
conçoive un ſaint dégouſt pour tout ce
qu'on appelle dans le monde belle ſcience
& grande litterature. Que je ne m'écarte
point dans la circonférence ; que toutes
mes veuës ſe portent vers toy qui és le cen-
tre d'où d'écoule tout ce qu'il y a de beauté & de vérité dans le monde. Qu'il me
ſuffiſe de te voir, puiſqu'en te voyant je
verray en toy tout ce qui peut eſtre veu.
Que mon ame ſe recueille & ſe raſſemble
ſur ce ſeul objet pour le pénétrer s'il eſt
poſſible. O Dieu, aide-la dans ce deſſein,

rends-toy visible, fay-moy entrer dans le
fonds de tes mystéres, & dans les secrets
de ta sagesse infinie, afin que je néglige
comme indignes de moy, toutes les sciences curieuses dont les hommes du siécle
font tant de mystére.

CHAPITRE VII.

*Derniere source de l'indévotion ; la
rareté & l'interruption des
saints exercices.*

J'Avoüe que les obstacles précedents
font forts, que l'amour du monde, ses
plaisirs, ses chagrins, ses occupations, &
les dissipations de l'ame, font des maux
ausquels il n'est pas aisé d'apporter du remede : mais je croy pourtant qu'on en
pourroit venir à bout en y travaillant avec
beaucoup de soin & d'assiduité, car la plus
évidente cause de nostre indévotion, c'est
la rareté & l'interruption des saints exercices. Il est certain que les plaisirs spirituels font opposez de toute maniére aux
plaisirs charnels. La seule rareté & la difficulté rendent ceux-cy piquants & aigus.
On

On perd le gouſt du plaiſir au milieu des délices; auſſi-toſt que les plaiſirs du monde ont perdu la grace de la nouveauté, ils ont perdu toute leur valeur. Hier ce méndiant ſe fuſt eſtimé heureux avec une petite ſomme, aujourd'huy il en trouve une grande, demain il n'y ſera plus ſenſible. Faites de grands repas fort éloignez les uns des autres, le plaiſir de la débauche vous ſera quelque choſe; revenez-y tous les jours, parce que cela s'appellera voſtre ordinaire, la volupté ne ſera plus de la feſte: Mais tout au contraire, revenez ſouvent à Dieu, réiterez vos commerces avec luy, & il eſt certain que ce qui vous paroiſſoit fade au commencement, vous deviendra un exercice voluptueux. Revenez-y rarement, & vous en perdrez incontinent le gouſt. La raiſon de ce myſtére n'eſt pas difficile à découvrir; c'eſt que la pieté & ſes exercices nous ſont des travaux, à cauſe des criminelles diſpoſitions que le peché nous donne. Or le travail va toûjours en diminuant à meſure que l'on le continuë. Le voyageur eſt bien las à la fin de ſa premiere journée; demain il le ſera beaucoup moins; avant que deux jours ſoient paſſez le voyage luy ſera un travail, mais qui aura de la proportion à ſes forces, & dans peu de ſemaines ce luy

R

fera un divertiſſement. Nous menons nôtre ame à Dieu par violence au commencement ; elle ſuit avec chagrin ; elle trouve le chemin aſpre & raboteux, mais peu
à peu ce travail ceſſe d'eſtre une peine, &
ſe change heureuſement en volupté. N'eſt-
il pas vray que moins nous faiſons une
choſe, & moins bien nous la faiſons ? Les
vertus ſont des habitudes ; & bien que le
ciel nous les donne en les verſant en nos
ames ; il nous les donne pourtant à peu
prés de la maniére qu'on les acquiert par
diverſes actions réitérées. Comme donc
on n'eſt pas bon ſoldat pour avoir eſté une
fois à la guerre, ni bon peintre pour en
avoir receu deux ou trois leçons, ainſi les
devots ne ſe font pas avec une action ou
deux de pieté; ils ne le deviennent que par
des exercices longs & frequents. C'eſt
une guerre dans laquelle nous avons à
combatre contre nos penſées , & contre la
dureté de la glace de noſtre propre cœur;
à la premiere & à la ſeconde rencontre
nous ſommes ſouvent battus, il faut donc
à tous coups retourner à la charge. L'indévotion eſt un monſtre que nous ſommes
obligez de mortifier peu à peu , parce que
nous ne le pouvons tuer tout d'un coup. Il
faut aujourd'huy prendre un pied ſur luy,
& demain un autre ; mais ſi nous luy laiſ-

sons tant soit peu reprendre haleine, il
regagnera bientôst ce qu'il aura perdu.
Quand nous en serions venus jusques à le
détruire presque entiérement, ne nous
imaginons pas que l'assiduité en fust moins
nécessaire, car si la rareté des exercices de
la devotion empesche ses progrez, fust-
elle la plus avancée du monde, l'interruption & le relaschement la perdra. On a
beau sçavoir parfaitement un art, si on ne
l'exerce on l'oublie : sur tout, quand on
combat contre ses inclinations naturelles,
pour peu que l'on s'abandonne à son pan-
chant, on se retrouve d'où l'on estoit party. Nostre cœur a une pente vers le peché,
& sur tout vers l'indévotion, qui n'est
pas imaginable. Fust-il muny des meilleures habitudes du monde, & les mieux con-
firmées, une pensée embrasée venant à la
traverse, le mettra tout en feu, & estou-
fera les flames de la devotion par celles
de la concupiscence, Si le cœur est facilement combustible pour le feu du peché,
il est pesant & froid au contraire pour la
devotion ; tellement qu'aprés l'avoir élevé dans les cieux avec des machines & de
grands efforts, une interruption de peu de
jours le laissera retomber dans les abysmes. Pour preuve de cette vérité, je ne
veux que le témoignage des ames sincéres.

Si quelques affaires du monde, & quelques empefchements aufquels vous aurez
donné le hom d'infurmontables, vous a
éloignez pour quelque temps des lieux
des faints exercices, & vous a fait perdre
vos heures de cabinet, au commencement
cela vous fait de la peine, mais infenfible-
ment vous vous y accoûtumez, & quand
vous voulez retourner à la pratique de la
devotion, & à l'exercice de l'oraifon, vous
ne vous reconnoiffez plus, & vous fentez
en vous une pefanteur inconcevable. La
confcience reffemble à l'eftomach, ceffez
de luy donner à manger, après un long
jeufne, il ceffera de defirer la viande ; attendez encore un peu, fi vous luy donnez
des aliments il ne fçaura qu'en faire, il ne
pourra plus les digerer, il aura perdu toute fa chaleur naturelle, fes forces feront
diffipées, & ne faifant plus aucun de fes
offices, il laiffera mourir fon corps. Ainfi
la confcience perd l'habitude de la devotion par la ceffation de fes œuvres, & l'a-
me meurt en fes fautes & pechez. Enfin la
devotion eft une vertu qui met en mouvement toutes les facultez de l'ame, comme un reffort fait mouvoir tous les refforts
d'une horloge. Montez cette horloge fans
difcontinuation, tout ira facilement, mais
fi vous ceffez, les roüages fe roüilleront,

tout y deviendra pesant & peu propre au mouvement. Continuez constamment les exercices de la pieté, l'ame conservera une disposition à ces mouvements devots ; interrompez-lez , il se fera une crasse en toutes les parties de l'ame qui la privera de la facilité de se mouvoir vers les cieux.

Ce sont-là ce me semble à peu prés les sources de nostre indévotion, & les dispositions de l'ame que nous devons guerir pour nous ouvrir le chemin à cette excellente vertu. On en trouveroit encore d'autres, mais elles nous jetteroient en des considérations trop générales. Par exemple, qui peut douter que les langueurs de nostre ame ne viennent de la foiblesse de nostre foy, de nostre charité, & de nostre espérance? Si nous estions fortement persuadez qu'il y a un Dieu aux cieux connoissant toutes nos pensées, & voyant toutes nos démarches, qui s'appelle le Roy des hommes & des Anges, ouvrant les enfers & le paradis, ne nous presenterions-nous pas devant luy avec un esprit de soûmission & une frayeur salutaire ? Mais helas ! nous croyons de manière que Dieu a besoin de subvenir à nostre incrédulité : Pour estre devot , il n'y a donc qu'à devenir fidéle , c'est pourquoy les

Péres n'ont pas trouvé de confeil plus utile
pour nous garantir des diftractions, que
celuy-cy , *le reffouvenir de celuy à qui nous
parlons*. Peut-on douter encore que noftre
lenteur ne vienne de noftre peu d'amour
pour noftre Dieu. Un amy ne vifite pas
fon amy, ni un amant fa maîtreffe , avec
cét air de négligence que nous apportons
au fervice de Dieu. Si nous eftions em-
brafez d'amour , tous nos mouvements recevroient des impreffions de ce feu cele-
fte. Enfin , fi l'efpérance de la gloire avoit
touché nos cœurs, nous n'irions pas lente-
ment à celuy de qui nous prétendons recevoir cette beatitude éternelle : Mais je ne
fçay fi cela fe peut conter entre les fources
de l'indévotion , puis que ces manques de
foy, d'efpérance & de charité font l'indévotion mefme.

Pour conclurre, il faut avoüer que nous
nous trouvons fouvent en de certaines in-
difpofitions de cœur , dont nous ne fçaurions bien dire la caufe. Aujourd'huy nous
fommes de feu , demain nous ferons de
glace. Une bonne ame fe follicite, fe réveille , penfe à tout ce qui la peut embra-
fer , elle fe cherche , mais elle ne fe trouve
plus ; elle examine fa confcience pour
fçavoir fi elle a commis quelque crime qui
ait defconcerté fon cœur , & contrifté l'ef-

prit de grace : Elle ne trouve rien dequoy elle puiſſe s'accuſer, & ne ſçait à qui ſe prendre de ſa froideur. D'où viennent donc ces inégalitez ? C'eſt peut-eſtre de la nature changeante de l'homme, qui n'eſt jamais le meſme : C'eſt peut-eſtre que le tempérament s'en meſle auſſi-bien que la diſpoſition de l'air. Comme l'ame priſonniére en ce corps n'agit que par ſes organes, & demeure extrémement dépendante du mouvement de ſes humeurs, il eſt bien apparent que la devotion dépend auſſi en partie de ces reſſorts & de ces rouës de pouſſiere qui ſont ſi ſouvent détraquées : C'eſt peut-eſtre que le diable a trouvé ſon heure, & qu'il a ſemé de l'yvroye en noſtre champ parmy la bonne ſemence : Enfin, c'eſt peut-eſtre que l'eſprit de Dieu, autheur de toute bonne penſée, s'eſt caché pour quelque temps. Cette ſéchereſſe d'ame peut venir de ce que Dieu a fermé les ſources d'eaux ſaillantes en vie éternelle. Quoy qu'il en ſoit, ce mal fait bien de la peine aux ames devotes. Il ne faut pas employer à ſa guériſon d'autres remedes que les priéres & les larmes. Il faut que l'ame diſe, *Vien ſeigneur Ieſus vien, ſoleil de mon ame diſſipe mes ténébres, fais lever en mon cœur l'eſtóille du matin, pourquoy te caches-tu, je t'ay cherché durant les nuits & je ne t'ay*

point trouvé ; ouvre tes fontaines, & fais cou-
ler en moy tes ruisseaux, afin que j'esteigne ma
soif, que je sois rafraischie & desalterée ; hâte-
toy ô Dieu de mon salut.

Méditation.

QUe je reconnois en moy de négligence ! Je prens tant de peine à bien
faire toutes les choses lesquelles regardent la vie presente, & j'ay si peu de soin
de bien faire la seule ou la principale chose pour laquelle je devrois prendre quelque peine. Pour bien réüssir dans un art,
je l'exerce souvent ; je consulte les maî-
tres, je fais réfléxion sur mes fautes, afin
de n'y plus retomber : Mais helas, mon
ame, tu n'en uses pas ainsi pour les exercices de ta devotion. Tu les fais rarement;
tu les fais souvent sans réflexion, & c'est
pourquoy tu les fais mal : Tu les fais rarement, parce que tu les fais sans plaisir;
& tu les fais sans fruit, parce que tu les
fais sans attachement. Reviens-y souvent,
& tu y trouveras des delices inconcevab-
bles.

Priére.

O Mon Dieu, mon divin Sauveur,
ouvre les fontaines de ta grace, &
que

que les ruisseaux en coulent jusques à
moy. Rens-moy sensible à l'avantage de
te posseder, & aux plaisirs de ta jouïssance,
afin que je ne me traisne pas & rarement,
& difficilement aux lieux où tu me parles,
& où je te parle, dans ton temple & dans
la retraite de mon cabinet. Tire-moy, afin
que je coure aprés toy. Quand j'ay dessein
de m'approcher de toy par les actions de
ma devotion, ne t'éloigne pas de mon
ame. Je sçay que je ne suis pas digne que
tu entres sous mon toict. Il n'y a pas longtemps que mon cœur estoit une caverne
de brigands, & un repaire d'esprits malins ; tu les en as chassez par ta grace divine ; mais ces sales hostes ont laissé des re-
stes d'impuretez aprés eux qui rendent
cette demeure indigne de ta sainteté.
Neantmoins soleil de mon ame, dont les
rayons ne sçauroient estre soüillez par
l'impureté des lieux dans lesquels ils entrent, pénétre jusques dans mes entrailles,
porte ton feu au dedans de moy, & m'embrase des flames de ton amour. Si je m'en-
dors en la sécurité, réveille-moy. Si je
tombe dans la négligence & que je vienne
à interrompre les saints exercices de la
pieté, si nécessaires pour conserver la devotion, frape à la porte de mon cœur pour
me solliciter à la vigilance ; & si le mar-

S

teau de ta parole n'est pas suffisant, n'épar-
gne pas mesme celuy des afflictions. Brise
moy plûtost que de me laisser en ma dureté naturelle, car jamais tes coups ne bles-
seront ma teste, ils me seront toûjours
plus doux que le baûme. Vien à mon secours, ô mon Redempteur, pour achever
de vaincre mes infirmitez. Je suis pesant
& matériel, mais rens-moy spirituel &
celeste. Les mouvements de la grace &
de la devotion qui m'élevent en haut sont
opposez aux mouvements de la nature
qui me tirent en bas; dans ce combat je
suis déchiré par les deux contraires. La
nature a l'insolence de s'opposer à ta grace, & ce combat fait la rareté de mes exercices de devotion: Mais, ô S. Esprit, rens
les moy faciles & plaisants, afin que j'y
retourne souvent.

TROISIE'ME PARTIE.

Des aydes & conseils qui peuvent conduire à la devotion.

CHAPITRE PREMIER.

Premier conseil general, la vouloir, la desirer, la demander.

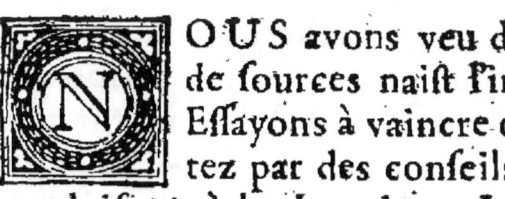OUS avons veu de combien de sources naist l'indévotion : Essayons à vaincre ces difficultez par des conseils qui nous conduisent à la devotion : Les conseils que je veux donner là-dessus sont ou généraux ou particuliers. Mais avant que de passer outre, il faut présupposer que celuy que nous voulons rendre devot, veut bien le devenir. Celuy qui n'a pas cette disposition, inutilement passeroit plus avant. Combien avons-nous d'indévots au monde qui ne desirent pas la devotion pour eux-mesmes, & qui la méprisent dans les

autres. Il se trouve de ces gens-là qui ne
laissent pas de se persuader qu'ils ont une
religion. Je suis peut-estre aussi bon reli-
gieux qu'un autre, disent-ils, encore que
je me moque des devots & de la devotion.
S'ils croyent ce qu'ils disent, ils sont assurément trompez par leur propre cœur, &
dans la vérité ce sont de grands profanes.
Il y en a d'autres qui estiment la devotion
en autruy, & qui ne la veulent pas pour
eux-mesmes : Elle ne s'accommode point
avec l'esprit du monde, duquel ils sont
Idolatres. Ils approuvent le mieux, ils l'admirent, mais ils croyent pourtant quant à
eux, pouvoir estre sauvez avec moins de
peine. Je ne sçay si ceux-cy sont meilleurs
que les précédents ? Ouy, du moins sont-
ils un pas plus prés de la disposition que
nous cherchons:Mais helas ! que leur conscience est encore en mauvais estat! Ils ont
cela de pis que les autres, c'est qu'ils péchent contre leur conscience ; ils sçavent
la volonté de leur maistre, & ne la font
pas : Ils ont peur d'en faire trop ; pourveu
qu'ils soient sauvez, il ne leur importe
comment ; quelle pensée ! Le Paradis ne
vaut-il pas bien s'acheter par quelques
larmes, par quelques priéres, par quelques heures d'humiliation ? Et comment
s'imaginer que nous pourrons obtenir le
ciel

ciel par le moins, puisque l'on a bien de la peine à y arriver par le plus? *Si le juste est à peine sauvé, où comparoîstra le meschant?* Croyez-vous ames tiédes qu'un devot ait trop de justice pour s'ouvrir le chemin des cieux? ne sçavez-vous pas que tout le monde loüe ce mot de S. Augustin, *malheur à la plus loüable vie si elle est examinée sans miséricorde;* & ce que David dit, *si tu prends garde aux iniquitez, qui pourra subsister?* Je dis aux iniquitez du plus juste. Si ces devots n'ont pas trop de justice, vous en manquerez donc, vous qui demeurez si fort derriere: Mais, dites-vous, Dieu suppléra ce qui nous manque, c'est pour cela que Jesus Christ est mort pour achever sa grace au milieu de nos infirmitez. Hé que sçavez-vous si Jesus le voudra, ne fait-il pas de son bien ce qu'il veut? Vous devriez donc prendre le party le plus seur. Quelle asseurance avez-vous que Dieu donne ainsi sa grace à ceux qui la méprisent? Quoy que vous puissiez faire, la miséricorde du Seigneur Jesus aura encore assez d'employ, & vos justices poussées jusques à l'extrémité de vos forces auront bien encore besoin de supplements pour atteindre jusques à la gloire.

Il se trouve d'autres indevots qui font encore un pas moins loin que les précé-

T

dents. Ils voudroient bien avoir la devotion, mais ils n'en sont pas encore venus jusques à la desirer, c'est à dire qu'ils n'ont que des mouvements de volonté trés-imparfaits. Je le voudrois bien estre, disent-ils, mais je ne sçaurois, le monde m'emporte, mes affaires m'occupent, mon temperament ou mon esprit n'ont pas le tour nécessaire pour la pratique de cette vertu; je fais ce que je ne veux pas, & ne fais pas ce que je veux; car la loy de mes membres demeure maîtresse de la loy de mon entendement : Ils ne sont pas fort affligez de n'avoir pas ce qu'ils souhaitent, & c'est une preuve tres-certaine qu'ils ne le veulent que trés-foiblement. O que ces consciences en cet estat sont encore loin de la perfection ! Ce n'est pas aimer Dieu de toute son ame, c'est le chercher de la moindre partie de son cœur, & le desirer d'une tres imparfaite volonté. Vouloir ainsi la devotion, c'est prendre le chemin de ne l'obtenir jamais ; car l'ame ne surmonte les difficultez qu'en se roidissant contr'elles, & en agissant de toute sa vigueur. Jugez si un cœur dans cette lascheté, peut obtenir une des choses du monde la plus difficile. Nous avons veu combien de puissantes passions ruïnent la devotion; l'amour du monde, ses plaisirs, & ses cha-

grins. Si à ces passions si violentes vous
opposez je ne sçay quels desirs imparfaits,
ce sera faire combattre des Nains avec des
Geants.

Ainsi le premier conseil que je donne
pour obtenir la devotion, c'est de la desirer ardemment. On me dira que ceux qui
la desireront l'ont déja, cela n'est pas nécessaire. Il y a des mouvements dont nous
ne sommes pas les maistres, & souvent
nous desirons passionnément une chose
que nous ne pouvons faire, quoy qu'elle
dépende de nostre volonté. La tyrannie
des habitudes est terrible, & les liens du
peché sont difficiles à rompre. S. Augustin
nous dépeint divinement ces mouvements
d'une ame qui veut s'élever à Dieu, & qui
ne sçauroit en venir à bout. *Ie soupirois*
mon Dieu aprés cette liberté de ne penser plus
qu'à toy, mais je soupirois estant encore attaché,
non pas des fers estrangers, mais par ma propre
volonté, qui estoit plus dure que le fer. Le
Démon la tenoit en sa puissance, il en avoit
fait une chaisne, & il m'en avoit lié, &c. I'a-
vois bien une volonté de te servir avec un a-
mour tout pur, & de joüir de toy mon Dieu,
en qui seul se trouve une joye solide & véri-
table, mais cette volonté nouvelle qui ne faisoit
que de naistre, n'estoit pas capable de vaincre
l'autre qui s'estoit fortifiée par une longue habi-

tude dans le mal. Voila la peinture de nôtre ame chrêtienne qui souhaite d'estre devote, qui veut ne penser qu'à Dieu, & n'aimer que luy, & qui ne le peut. Cependant, ô qu'une telle ame est heureuse, & qu'elle est proche de la devotion. Quand on cherche Dieu, on est à la veille de le trouver. C'est cette faim & cette soif de justice ausquelles le Seigneur promet un bienheureux rassasiement. Ces desirs sont des effets de la grace ; mais si la nature ne fait rien en vain, à plus forte raison la grace. Ces desirs ne sçauroieut donc estre frustrez, ils obtiendront leur fin, ils seront remplis un jour. Il n'est presque rien dont la vigueur de l'ame & la force des desirs ne puisse venir à bout ; c'est par là, plûtost que par la force des armées, qu'Alexandre a vaincu le monde, dompté tant de peuples, pris tant de villes, & gagné tant de batailles : Quand les choses nécessaires pour accomplir ses desseins luy manquoient, la vigueur de son courage, c'est à dire la force de ses desirs, luy tenoit lieu de tout. Si les desirs peuvent tant dans les choses qui sont hors de nous, & indépendantes de nostre volonté, que ne pourroient-ils pas sur ce qui dépend de nostre volonté, & qui n'est rien autre chose que nostre volonté mesme ?

Pour donner du succez à ces desirs pieux,
il faut appeler Dieu à son secours ; ce sont
des enfans qu'il a fait naistre, & qu'il a
intérest de nourrir ; c'est l'aurore de ce Soleil, qui ne manque pas de venir nous il-
luminer pleinement, pourveu qu'il soit
ardemment invoqué. Voicy donc un autre
conseil qui n'est que la suite du précédent.
Il faut demander à Dieu la grace de la devotion, & gémir sous ses yeux de ce que
nous ne l'avons pas. S'il y a quelque faveur
digne de nos vœux & de nos priéres, &
s'il y a quelque don qui nous vienne immédiatement du ciel, c'est cette vertu, car
il n'est rien de plus pur & de plus élevé entre les vertus chrétiennes. *As-tu besoin de*
sapience, dit S. Jacques, *demande-là à Dieu*
qui la donne à tous, & ne la refuse à personne.
Je ne sçay s'il y a quelque partie de la sagesse chrétienne qui soit plus desirable
que celle-là. Nous demandons à Dieu nôtre pain quotidien, les vêtemens & les alimens, la santé du corps & la guérison de
nos maux ; mais l'ame est bien malade,
bien pauvre, & bien mourante quand elle
est privée de la devotion, son feu, son ame,
& sa vie. Au reste, il n'y a rien à quoy
nous puissions plus seurement appliquer
la promesse de S. Jaques, que Dieu ne la
refuse à personne, & qu'il la donne à tous

libéralement, car c'eſt la priére du monde
qui luy eſt la plus agreable, puis qu'elle
tend toute à ſa gloire, & à noſtre ſalut.
Nous demandons à Dieu qu'il vienne en
nous, & que nous puiſſions entrer en luy
pour luy oſtre parfaitement unis par une
mutuelle liaiſon ; comment cela, ne ſe-
roit-il pas agreable à Dieu, puiſque le Seigneur Jeſus, le modelle de nos actions &
de nos penſées, a demandé cela meſme
pour nous, *que je ſois en eux & toy en moy,*
afin qu'ils ſoient conſommez en un. Nous
avons deu commencer nos conſeils par là,
& le fidéle doit auſſi commencer ſon ouvrage; car ſi l'on ne ſçauroit rien faire ſans
Dieu, de ce qui ne le regarde pas, comment feroit-on ſans luy ce qui dépend abſolument de luy, & qui ſe trouve en luy ?

Méditation.

JE conſulte mon cœur pour ſçavoir ſi
je puis dire en vérité, *Mon ame languit*
aprés tes parvis, comme le cerf brame aprés les
eaux courantes d'une fontaine, ainſi mon ame
a ſoif du Dieu vivant. Je ſuis altéré des deli-
ces de ſa maiſon, & affamé des biens de ſon
palais. Mon ame eſt comme une terre qui a ſoif;
je dis, ô quand entreray-je & me preſenteray-
je devant mon Dieu. Mais helas, je ne trou-

ve point en moy ces penſées & ces mouvements. Je trouve en moy une grande
ſechereſſe & une privation quaſi generale
des graces céleſtes ; & pour tout, j'y rencontre ſeulement quelques deſirs languiſ-
ſants & qui meurent au moment de leur
naiſſance. Ma foy eſt tremblante, ma charité eſt refroidie, mon eſpérance eſt foible, mon zele eſt demy eſteint, & ma dévotion eſt tiede. Réveille-toy mon ame à
ce coup, ſi tu veux eſtre unie avec ton
Dieu ; ſi tu veux l'aimer & eſtre aimée de
luy ; ſi tu veux qu'il allume en ton ame les
pures flames de la devotion, il te la faut
vouloir, la deſirer, la demander. Ce bien,
ce grand bien mérite que tu faſſes les premiers pas, & que tu ailles au devant de
luy. Ne me dis point mon cœur que tu és
lié par de malheureuſes chaiſnes, & que
la chair te rappelle & te perſuade le contraire ; que tu voudrois bien eſtre devot,
mais que tu ne ſçaurois ; que tu le veux en
ce moment, & que tu n'en peux venir à
bout. Helas, ſi tu le voulois mon ame,
cela ſe feroit, ces chaiſnes de ta volonté
ſont des chaiſnes volontaires ; ces liens
ſont de mauvaiſes habitudes, & des engage-
ments dans la corruption, qui bien loin
de diminuer ton crime, te rendront plus
coupable. En ce genre de choſes, on fait

tout ce qu'on veut ; & quand on ne fait
pas ce que l'on veut, c'est qu'on le veut
d'une volonté bien imparfaite.

Priere.

MOn Pere benin, & mon Sauveur
miséricordieux, je conçoy bien que
je ne suis pas devot, parce que je ne le veux
pas estre : Mais helas, quelques volontaires que soient les liens qui attachent ma
volonté au mal, & particulierement à
l'indévotion, ils n'en sont pas moins forts
& indissolubles. Ma corruption est dans
ma volonté ; c'est pourquoy je ne la sçaurois vaincre par ma seule volonté. Ta grace me suffit, mais sans elle je ne puis rien.
Vien donc, vien ô mon libérateur, briser
ces fers sous lesquels je gémis. Je ne te
laisseray point aller que tu ne m'ayes be-
nit. Crée en moy un cœur pur, & renou-
velle au dedans de moy un esprit bien re-
mis ; que ton esprit de liberté me soûtien-
ne. Ce seroit bien inutilement que je
chercherois des conseils & des aydes pour
secourir ma devotion ; sans toy les desseins
manquent toûjours de succez, & les conseils sont inutiles. On a beau garder les
villes & bâtir des maisons, si tu ne veilles
& n'y mets la main, tous les soins & tous
les

les travaux demeurent vains. Exauce, ô
mon Dieu, mes priéres, fay que mes médi-
ditations ne ſoient pas ſans fruit. Anime
ta divine parole de ton S. Eſprit, afin
qu'elle embraſe mon cœur comme un feu,
& que je ſois bien-toſt delivrée de ces miſérables froideurs qui font ma geeſne &
mon ſupplice, pour eſtre remply de dévotion autant que je dois ſouhaiter de l'ê-
tre.

CHAPITRE II.

Deuxiéme conſeil géneral ; Mener une
vie ſainte, & pratiquer toutes
les vertus.

Nous avons déja dit quelque choſe de
la néceſſité de bien vivre pour devenir devot, mais le ſujet eſt trop important
pour eſtre paſſé legerement. Conſidérons
donc premierement qu'il n'y a pas d'union
plus eſtroite que celle d'une ame devote
avec ſon Dieu dans les actes de la dévotion. C'eſt un teſte à teſte, ſi j'oſe parler
ainſi, c'eſt un commerce ſecret, c'eſt voir
Dieu face à face, & parler à luy comme

V

un amy parle à fon intime amy. Tout ce
qui fe conçoit de l'union d'un mary &
d'une femme, d'un pere & d'un fils, d'un
corps & d'un membre, n'eft pas encore
affez fort pour nous reprefenter l'union
d'une ame qui vole dans les cieux fur les
aîles de fa devotion, & à qui Dieu découvre d'autre part les ineftimables threfors
de fa grace. Dieu entre en elle, elle entre
en Dieu, ils ne font plus qu'un tout. Mais
qui ne voit que pour fe frayer le chemin à
une fi eftroite union, il faut s'eftre purifié, comme auffi il eft pur. La lumiere célefte ne fouffre pas de crépufcule, c'eft à
dire de mélange du jour & de la nuit. Dieu
qui eft tout de lumiére ne pourroit eftre
uny à une ame encore ténébreufe.

S'il y a quelque vertu de laquelle nous
foyons redevables à la prefence du S. Efprit en nous, c'eft la devotion. Or nous
fçavons affez ce qui peut faire fejourner
en nous le S. Efprit. Ce n'eft pas la magnificence de la maifon, c'eft la netteté.
Quand l'efprit malin eft forty de la maifon, & qu'au retour il la trouve nette &
balayée, il s'en retourne honteux, & ne
fçauroit y rentrer fans le fecours de fix autres efprits pires que luy. Ce qui chaffe
l'efprit malin, attire le S. Efprit, & il ne
fait de noftre cœur fon temple que quand

nous en bannissons la soüillure. Moyse taille & polit deux tables de pierre, Dieu y grave sa loy. Un peintre nettoye sa toile devant que d'y peindre l'image du Prince: Nous avons deux tables charnelles du cœur, l'entendement & la volónté; mais nous ne devons pas espérer ni que Dieu y grave ses loix, ni que le S. Esprit y peigne son image, si elles ne sont nettes & polies. Ame devote & pieuse qui souhaites voir Dieu demeurant en toy, & son amour en ton cœur, nettoye la table de ton entende-ment de tant d'erreurs, de préjugez & de folles imaginations, & de mauvaises pen-sées; nettoye la table de ta volonté de tant de criminelles inclinations, & de vicieu-ses habitudes. Quand l'une & l'autre de ces tables seront devenuës des cartes blan-ches, Dieu sans doute viendra s'y peindre, & y graver son image.

La devotion est une entrée dans le ca-binet de Dieu, *il m'a menée*, dit l'épouse, *en la salle du festin :* Mais on n'entre point là si l'on n'a la robe de nopces, si l'on n'est paré de la foy, de la charité, & de l'espé-rance; si l'on n'est revêtu du Seigneur Jesus Christ, & des entrailles de miséri-corde, d'esprit patient, de justice, & d'in-nocence. La devotion est une élevation d'ame, & le peché est un poids; si nous accablons cette ame de ces poids, comment s'elevera-t-elle ? Il faut donc décharger aujourd'huy ce cœur d'un vice, demain d'un autre ; donner la mort à l'avarice ; un jour attaquer l'orgueil, le lendemain l'ambition, & ton cœur en sera plus dégagé, & ta devotion plus libre. Sur tout il se faut souvenir que nostre cœur est la partie de nous la plus délicate & la plus tendre, il ne faut rien pour le mettre en desordre ; on le démonte avec facilité, & on ne le rétablit qu'avec la derniere peine. C'est l'œil de l'ame, il ne faut qu'un festu & un grain de poussiere pour le perdre. C'est un laict qui se corrompt par la seule esmotion de l'air, & par le tonnerre : c'est un luth qui se desaccorde par la seule intempérie de l'air. Certes, la vraye santification a plus de parties qu'un luth n'a de cordes, & cette sainteté du cœur se ruïne par le desordre de l'une de ces parties, comme un seul faux ton ruïne toute l'harmonie d'un concert ; & pourtant il faut avec un merveilleux soin, veiller à la garde de ce cœur, & de toutes ses parties. L'ame ressemble à une mer, & ses passions à des vents ; si vous ne tenez la bride à ces passions, elles éleveront de terribles orages en cette mer, & au milieu de ces tempêtes, la devotion qui est une vertu paisible ne

sera

sera gueres écoutée. Chaque paſſion em-
portera le cœur à ſoy, & la devotion étran-
gere & ſeule de ſon party ne le gagnera
jamais.

Il y a trés-aſſeurément une grande liaiſon entre les actions & les paroles, elles
viennent d'une meſme ſource & un meſme cœur les produit. C'eſt pourquoy j'eſtime qu'on ne ſçauroit mieux diſpoſer une
bouche à chanter les loüanges de ſon Dieu,
un eſprit à contempler ſes merveilles, &
une ame à s'élever par la pieté, que par la
pratique des bonnes œuvres. Nous avons
dit qu'un homme eſt mal diſpoſé en venant du bal & de la comedie, pour ſe donner aux œuvres de la pieté. Je dis tout au
contraire qu'en revenant de la maiſon de
deüil où il a conſolé les affligez, ſecouru
les miſérables, ſoûtenu les infirmes, nour-
ry les pauvres, & garanty les oppreſſez, il
ſe trouve dans une gayeté & dans une diſpoſition pour la priére qui n'eſt pas con-
cevable. Il vient à Dieu avec l'allegreſſe
d'un ſerviteur qui ſe preſente devant ſon
maiſtre aprés avoir fait ſon devoir pour
obtenir la récompenſe ; car encore qu'il
reconnoiſſe ne rien mériter de Dieu, il
ſçait pourtant que Dieu récompenſe libéralement en nous ce que nous ne faiſons
que par le ſecours de ſa grace. Il s'appro-

che de l'autel avec la confiance d'un sujet
qui paroist devant son Prince avec des
presents lesquels il sçait estre capables de
luy ouvrir le chemin de son cœur ; car encore que nos bonnes œuvres soient des
dons trés imparfaits, qui ne tiennent mesme ce qu'elles ont de bon que de la libéralité de Dieu, il sçait cependant qu'il les
accepte comme si elles estoient de grand
prix. Je ne feray donc pas difficulté de le
dire ; les anciens & les modernes qui ont
distingué la vie active du chrêtien de l'ame
contemplative, & qui ont crû que celle-
cy se pouvoit passer de celle-là, & mesme
que l'ame contemplative estoit plus excellente que l'autre, sont assurément dans
une grande erreur ; car en séparant la vie
active qui consiste à bien faire au prochain
& à pratiquer la charité envers les affligez
& les misérables, de la contemplation à
laquelle ils ont creu se pouvoir donner
tout entiers, ils ont asseurément privé leur
devotion d'un grand secours. Je l'ay déja
confessé, il ne faut pas que les occupations
de Marthe qui regardent le service corporel du Seigneur Jesus Christ & de ses membres, nous emporte le temps consacré
aux œuvres de Marie, à la méditation, à la
lecture, & à la priére. Mais nous avons
assez de temps pour tout ; quand Marie

aura suffisamment écouté, il est juste que
elle prenne la place de Marthe. C'est pourquoy je ne conseillerois pas à celuy qui
veut atteindre la parfaite devotion, de renoncer à cette partie du monde composée
des membres affligez du Seigneur Jesus
Christ. C'est l'école de la vertu & de la
pieté, & bien loin que cette pratique des
œuvres de miséricorde se puisse appeler la
destruction des ames devotes, c'est le plus
court & le plus seur chemin pour arriver
à la devotion. Les idées du monde sont incompatibles, je l'avoüe, avec celles dont
une ame devote doit estre remplie ; un tra-
gique évenement, le spectacle d'un triomphe, l'espérance d'une fortune pour vous,
la grandeur de celle d'un autre, un combat, une guerre, tout cela dis-je n'a point
d'alliance avec les douces images de Dieu,
de son amour, & de ses bienfaits ; c'est
pourquoy il est bon de fermer la porte à
celles-là, si l'on veut travailler avec succez à l'établissement de celles-cy : mais les
idées d'un homme languissant ou d'un autre qui souffre pour l'amour de Dieu, s'al-
lient aisément avec l'image du Seigneur
Jesus Christ souffrant pour nous. Une
multitude de pauvres à qui tu ouvres tes
entrailles te conduira facilement à la con-
sidération des libéralitez que tu reçois de

Dieu. Le secours que tu prêteras à l'un pour défendre sa vie, à l'autre pour la défence de son honneur, t'obligeront à penser aux bienfaits & au secours que tu reçois continuellement du ciel. Tu n'auras pas besoin de bannir ces pensées qui suivent la vie active, pour loger en leur place celles qui naissent de la contemplation ; elles s'uniront dans un mesme cœur, & se prêteront un mutuel secours.

Méditation.

ON me l'a bien dit des fois que les vertus sont des sœurs qui se tiennent toutes par la main ; que ce sont autant d'anneaux d'une sainte chaîne qui se rompt aussi-tost qu'on brise l'un de ces anneaux. Elles ne peuvent estre l'une sans l'autre, & voila pourquoy mon ame tu ne sçaurois estre devote, parce que tu n'és pas vertueuse, & que tu n'as point à cœur la pratique des bonnes œuvres. Ne vois-tu pas que le monde est composé exprés pour fournir de l'employ à tes vertus, & pour te solliciter aux belles & saintes actions ? Les cieux annoncent la gloire de Dieu, & l'étenduë presche sa puissance, afin que tu joignes ta voix à ces loüanges que toute la nature chante, & que tu exer-

ces ta reconnoiſſance. Les airs forment
des tempeſtes & des orages, font éclater
des foudres & des tonnerres pour exercer
la crainte de Dieu, & pour te ſolliciter à
trembler ſous la main de celuy qui fait
trembler les montagnes. Ne vois-tu pas
que Dieu fait icy bas des miſérables, afin
qu'ils ſoient les objets de ta compaſſion ?
des pauvres, afin que tu ſois libéral ? des
affligez, afin que tu les conſoles ? des foibles, afin que tu les ſoûtiennes ? des malades, afin que tu les viſites ? Ne permet-il
pas meſme qu'il y ait des pécheurs & des
hommes qui s'égarent, afin que tu les ra-
mene au droit chemin : des ignorants, afin
que tu les inſtruiſes : des imprudents, afin
que tu les conſeilles : des gens qui tombent, afin que tu les releves, & que quant
à toy, tu prenes garde à tes pas : & meſme
des malheureux qui périſſent, afin que tu
te donnes une ſalutaire frayeur à toy-meſme ? Ne permet-il pas qu'il y ait des exemples de vanité, afin que tu mépriſes le
monde : des morts continuelles, ſubites &
inopinées, afin que tu veilles & que tu ſois
toûjours ſur tes gardes : des orgueilleux
qui tombent dans la ruïne, afin de te retenir dans l'humilité : des meſchants qui
ſont punis, afin que tu ayes horreur du
vice : des bons qui ſont récompenſez, afin

que tu cherche la vertu. Au milieu de tant de leçons tu és fourde & immobile. Tu fais confifter ta vertu, ô mon ame, à ne point faire de mal, c'eft à dire à ne rien faire, comme fi quelqu'un faifoit confifter la vie dans la mort, & dans la privation du mouvement. Tu ne te fouviens pas que le figuier ftérile eft coupé dés la racine, que Dieu jetteta dehors le ferviteur inutile, & qu'il bannira de fon paradis & le ferviteur qui aura perdu fon talent, & celuy qui l'aura feulement enfoüy.

Priere.

VIen donc, ô mon divin Rédempteur, vien cultiver mon cœur, afin qu'il ne foit plus un rocher & un champ ftérile. Amolis ce rocher par la pluye de ta grace ; benis ce champ pour le rendre fertile en fruits de vie : Que mes mains diftilent la myrrhe, & mes doigts les aromates précieux ; qu'elles foient toûjours ouvertes pour les miférables ; que mes pieds courent au fecours des affligez ; que mes oreilles reçoivent avec avidité ta parole & tes loüanges ; que ma langue célébre continuellement ton nom glorieux, & pouffe jufques au ciel mes actions de grace. Saint Efprit, principe de tous les mouvements,

inspire-moy la vie, sois l'ame de mon ame,
afin qu'elle ne soit plus ensevelie dans le
tombeau du vice & du sommeil, mais que
elle agisse puissamment, qu'elle soit embrasée du feu de la charité : que ce feu ne
la laisse pas un moment en repos & sans
action, afin que par la continuelle pratique des bonnes œuvres, je me dispose à la
devotion, à l'union avec toy, qui es l'objet de mon amour. Que par cette pureté,
j'invite de plus en plus celuy qui est l'autheur de tout bon don, à me venir faire
part des flames, du zele, & de la pieté.

CHAPITRE III.

Troisiéme conseil general pour aider la
devotion : garder ses sens, & tenir
son ame serrée.

IL y a tant de commerce entre le cœur
& les sens, qu'en vain essayeroit-t-on
de garder l'un, si l'on ne gardoit les autres.
Le cœur est la maison, les sens sont les
portes & les fenêtres. C'est par là que le
Diable entre, & qu'il se saisit de nos ames.
Cet ennemy dresse autant de batteries au

dehors que nous avons de fens externes, & fi nous efchapons la mort de l'une, il nous l'envoye par le moyen de l'autre. Il faut pourtant dire cecy à la décharge des fens, ils font plus malheureux que crimi-nels ; ils fentent ce qu'ils doivent fentir, felon l'ordre du Createur ; & mefme la plufpart des idées qui leur viennent font innocentes, elles ne fe gâtent qu'en arri-vant au cœur. La beauté d'une femme, le brillant de l'or & des pierreries, la dou-ceur du fon de la voix, font des ouvrages de Dieu, & par conféquent ils ne fçau-roient eftre mauvais ; mais le cœur empoi-fonne ces images innocentes. Cependant, parce que le cœur ne répand fon poifon que fur les objets qui luy font prefentez, qui luy ofteroit ces objets, luy ofteroit la matiére de fes crimes, & fes mauvaifes habitudes fe perdroient affeurément fi el-les manquoient d'employ: C'eft pourquoy il eft d'une abfoluë néceffité de veiller à la garde des fens. *J'ay fait accord avec mes yeux,* difoit un Saint, *pour ne pas regarder la vier-ge.* C a toûjours efté la pratique de ceux qui ont voulu devenir devots, de tenir leur ame fermée à la multitude des objets qui nous abordent de toutes parts. Il eft vray qu'on a pouffé l'ufage de cette maxi-me jufques à la fuperftition: les uns fe font

releguez

releguez en des deferts pour ne rien voir ;
d'autres fe font enfermez en des cellules
pour n'en fortir jamais ; & l'hiftoire nous
parle d'un folitaire d'Egypte qui ne voulut jamais accorder à fa fœur le plaifir de
le voir. Il receut ordre de fon fupérieur,
à la priére de S. Athanafe, de l'aller vifiter;
il y alla, mais fermant les yeux il fe pre-
fenta devant elle, & ne la voulut jamais
voir ; raffafie-toy luy dit-il, prefentement
de ma veuë. Ces excez font plus de tort à
la raifon, qu'ils n'apportent de fecours à
la pieté. L'ame tire un grand fecours de
fes fens quand elle en fçait faire un bon
ufage. Fermer toutes les avenuës par où
la connoiffance pûft arriver à l'ame, c'eft
la retenir dans une prifon ténébreufe, &
la nourrir dans l'ignorance. Ce qu'il y a de
vray, c'eft qu'il eft dangereux de l'épandre
fur les mauvais objets, parce qu'elle en
raporte une teinture qui la rend indifpo-
fée pour la devotion. Il n'eft gueres moins
dangereux de luy permettre de s'épardre
trop fur les objets indifferents , parce que
cela diffipe fes forces , & toûjours elle
raporte un air de vanité de ces courfes que
elle fait au dehors.

C'eft la maniére de vivre du monde, on
fe voit, on rend des vifites , on en reçoit;
on s'expofe à la converfation, c'eft-à-dire

Y

à la contagion de tout venant. Les yeux
font toûjours ouverts pour voir de nouveaux objets ; les oreilles pour oüir des
nouvelles : Les converfations font vaines,
on y dit cent mille inutilitez, plus de chofes mauvaifes que de bonnes. L'une vous
entretiendra d'un ajuftement, l'autre d'une
petite intrigue du quartier ; un autre vous
verfera des médifances dans le fein ; on
vous menera voir un nouvel édifice , &
quelque belle maifon : Un nouveau venu
d'un autre monde vous contera des merveilles, & groffira fes recits de fables & de
miracles qu'il aura luy mefme faits ; & vôtre ame reviendra à la maifon chargée de
ces bagatelles : Quand elle voudra entrer
en fon cabinet, il eft certain qu'elle ne
trouvera pas fon cœur en fa difpofition ordinaire ; c'eft pourquoy il eft plus difficile
d'eftre devot dans les grandes villes où
vous ne fçauriez vous défendre de ces
amufements. Je confeillerois donc à l'ame
devote de fe tenir bien ferrée. Les ames
des gens du monde reffemblent à des ruës
fort paffantes, elles font ouvertes à tout
venant, on n'y eft jamais qu'en foule, &
la devotion qui aime le particulier, ne fe
plaift pas en ces lieux publics. Ce font des
hôtelleries où tous les eftrangers font bien
logez, & le maiftre couche fouvent de-

hots : mais le cœur du fidéle doit eftre pour
luy, & Dieu qui en eft le maiftre y doit
eftre toûjours au large. *Ma sœur mon épouse,*
tu es un jardin fermé, une source close, une
fontaine cachetée, dit Jefus Chrift à fon ef-
poufe, c'eft à dire à toute ame chrêtienne.
Ferme ce jardin fi tu veux en conferver les
fleurs & les fruits, & ne laiffe pas foüiller
la pureté de tes eaux par des beftes impu-
res. Les temples & les oratoires ne doivent
pas eftre acceffibles aux profanes ; nos
cœurs font les temples du S. Efprit, fer-
mons-en donc la porte à mille indifcretes
idées, & à cent objets de vanité qui les
profaneroient. L'ame eft un vaiffeau que
la grace remplit de bonnes odeurs ; mais
nous ne devons pas luy donner trop d'air,
autrement elle s'évaporera & demeurera
infipide. Quand le vaiffeau eft plein, il ne
peut rien recevoir de nouveau fans perdre
ce qu'il avoit auparavant. S'il eft plein de
devotion, & qu'on le mene dans le monde, à mefure qu'il fe remplira de vanitez,
il laiffera fortir ce qu'il avoit de bon. C'eft
une vérité dont nous dévrions bien nous
fouvenir, que toutes les fois que nous faifons quelque fortie fur le monde, nous y
perdons du noftre ; Dina veut aller voir
les filles du païs, elle y perd le plus beau
de fes ornements, c'eft la fleur de fa virgi-

nité : Mais sur tout, souvenons-nous qu'en cherchant des objets innocents, nous en trouvons souvent de criminels ; le diable est en embusche par tout, il a tendu ses filets dans les fleurs. Le péché régne en tous lieux, tellement que pour peu que nous fassions d'écarts, nous le rencontrerons asseurément, & nous le trouverons difficilement sans en recevoir quelque atteinte.

Mais que dirons-nous donc de ceux qui de dessein formé vont en des lieux où ils sçavent bien que le crime régne, & que le vice triomphe ? Aprés avoir perdu la moitié de leur temps à se parer pour le bal, ils vont donner l'autre partie au diable, & se plongent dans les plaisirs criminels. Ces gens-là sont meurtriers de guet à pends, & Dieu leur demandera tres-justement conte de leur ame. Je conclus de tout cecy, que la personne dévote doit estre dans une grande réserve pour le monde, estre veuë de peu de gens, en voir encore moins, & se défaire de la vaine curiosité de sçavoir ce qui se passe. C'est assez pour elle de sçavoir ce qui se fait en son cœur, & d'en bien régler les mouvements. Que nous importe que soit devenuë une telle flote, quel succez ait eu une telle bataille, comment a réüssi une négotiation, comment

vont

vont les traitez de paix & les préparatifs
de guerre ? La connoiffance de tout cela
ne nous fçauroit rendre heureux ; ce feront feulement des idées qui s'entafferont
dans noftre mémoire, & qui de là ne manqueront pas de faire irruption fur noftre
cœur au milieu de fes exercices de pieté.

Méditation.

QUe tu feras heureufe mon ame quand
tu feras en ce lieu où tu n'auras rien
à craindre, où tu pourras prendre l'effort,
te promener, t'égarer pour ainfi dire,
voler fucceffivement fur une infinité
d'objets, & t'abandonner entiérement à
la contemplation, & à la diverfité de tes
penfées. Ce bonheur t'arrivera quand tu
feras dans le ciel. Là tous les objets te parleront de ton devoir, & te folliciteront à
l'obeïffance. Tu ne craindras plus qu'il y
ait des ferpents fous les fleurs, ni que le
Diable foit en embufche dans les lieux où
ton efprit & tes pas te porteront. Ton
efprit devenu vafte ne craindra plus la
diffipation, il embraffera tous les obje s
fans craindre d'en eftre accablé. Et pour
eftre remplie d'une infinité d'idées tres diverfes, ton Dieu n'en aura pas moins de
place en toy, parce que toutes ces idées

Z

feront faintes & amies de Dieu. Aujour-
d'huy il n'en eft pas de mefme, tu ne fçaurois faire un pas fans courre un péril ; tu
ne fçaurois fortir de toy-mefme fans rencontrer un ennemy qui te cherche, & qui
demande ta ruïne. Tu ne fçaurois admettre
en ton fein tous ces objets qui viennent
en foule à tes fens, que tu n'en rempliffes
ton cœur, & que tu ne dérobes à ton Dieu
la place qu'il devroit feul occuper. Ne
fais donc pas tant de courfes dans l'univers où tu laifferas toûjours du tien. Ren-
ferme-toy dans les bornes de ton cœur,
s'il n'eft pas large il eft profond, & tu y
trouveras amplement dequoy t'exercer.
Tu ne viendras jamais à bout de le fonder,
il ne peut eftre connu que par celuy qui
fondes les reins & les penfées ; mais au
moins pénétre dans ce fujet impénétrable
auffi avant que tu pourras. Examine-toy
toy-mefme ; & cette connoiffance, ô mon
ame, de ce qui fe paffe en toy te vaudra
mieux que la connoiffance de tout ce qui
fe fait au monde, & de ce qui fe paffe entre les hommes. Ne te mefle point des
guerres & des démeflez des eftats, & des
particuliers. Prens connoiffance de ces
combats qui font entre ta chair & ton efprit ; entre la loy de tes membres & celle
de ton entendement. Pacifie ces differens,

apprens à la chair à estre sujette, replace la raison sur le trhône, donne-luy la pieté pour conseillere, domte les passions & les rens esclaves. Mets en bon ordre ton petit estat, & regis sagement & saintement ce grand peuple qui est renfermé en un si petit païs; c'est à dire, cette multitude d'affections, de pensées, de sentimens, & de passions qui sont en ton cœur.

Priere.

O Toy, mon Dieu, modérateur de l'univers, qui non-seulement tiens le frein des eaux & de la mer, afin qu'elle n'inonde pas la terre, mais qui tiens en bride la malice des hommes, afin qu'elle n'inonde pas le monde : Toy qui par ta sagesse profonde gouvernes de maniére que tu tires la lumiére des ténébres, préside sur les mouvements de mon cœur, tire la lumiére de ce chaos & de ces ténébres, prens les resnes de la conduite de mon ame, ne permets pas qu'elle s'égare au déhors, & qu'elle se dissipe dans ses égaremens. Arreste la fougue de ses passions & la rapidité de ses mouvemens, afin que recueillie toute entiére en elle-mesme, & travaillant à ses propres affaires, elle songe à te préparer logis, à te retenir chez

Z ij

elle, à te posseder seul, à ne contempler
que toy, à bannir toute autre idée, & que
par ce moyen elle se dispose à la devotion.

CHAPITRE IV.

Quatriéme conseil general pour aider la
devotion ; perseverer aux saints exer-
cices, & ne se pas rebuter par les
difficultez.

NOus n'avons pas representé la devotion comme une chose facile à obtenir ; c'est pourquoy l'ame fidéle ne doit pas
estre surprise quand elle rencontre des difficultez ; encore moins doit-elle se rebuter & perdre courage. C'est un nouveau
conseil que je donne pour l'obtenir. Toute bonne ame a souvent fait expérience
qu'en se voulant élever, elle a trouvé les
ailes de sa devotion embarassées ou par les
vanitez du monde, ou par la paresse de sa
chair. Dans cet estat, si elle se relasche, elle
est perduë. Il faut qu'à ses desirs si nécessaires, comme nous l'avons veu, elle adjoûte l'action & le courage. Salomon parle en ses Proverbes des mouvements du

paresseux duquel toute la force s'écoule
en désirs. Il fait toûjours les plus belles ré-
solutions du monde, mais il ne bouge de
sa place. Ce pourroit bien estre à la paresse de l'ame que Salomon en veut tant ;
car il n'y a presque pas de chapitre dans lequel il ne donne quelque coup en passant
à ce paresseux. Cette paresse de l'ame est
le vice de ceux qui s'épuisent à loüer la
vertu, & n'ont pas de forces pour courir
aprés, & pour l'atteindre. Le mauvais dé-
vot en fait de mesme, il loüe, il desire,
mais il succombe sous la premiere tentation que sa devotion rencontre : Mais ne
sçais-tu pas fidéle que toutes les grandes
choses sont difficiles? Un Pilote abandon-
ne-t'il son vaisseau au premier coup de
vent ? Un rameur qui monte contre le fil
d'un fleuve rapide ne se roidit-il pas contre la résistance de l'eau ? Il continuë, il
prend courage, & enfin il surmonte. Un
marchand ne renonce pas au trafic pour
une perte, ni un courtisan à ses espérances pour un mauvais tour de la fortune :
chacun essaye de regagner par sa diligence
ce que sa disgrace luy peut avoir osté. Il
faut aussi se roidir contre l'indévotion, &
quand on sent son cœur mal disposé, ses
mouvements languissans, & ses devotions
traversées d'égarements, il se faut faire

violence & mâter son cœur jusques à ce
qu'on l'ait amené à son devoir ; il faut
prier, lire, méditer, comme malgré qu'il
en ait. * *Encore, dit S. Basile, que le diable
vienne remplir vostre esprit de mauvaises pensées, il ne faut pourtant pas abandonner l'exercice de la priere ; il faut faire de nouveaux &
de plus grands efforts. Il faut prier Dieu qu'il
luy plaise de rompre cette épaisse muraille de
pensées vaines qui nous tiennent séparez de luy.
Il faut demander que nostre ame puisse bientost
arriver à luy sans estre retardée par la rencontre de ces vains & de ces mauvais objets. Et
quand mesme l'ennemy viendroit avec un ren-
fort de distractions, il ne faut pourtant ni ceder
ni perdre courage, ni renoncer à la victoire au
milieu du combat. Il faut perseverer jusques
à ce que Dieu appercevant nostre constance,
vienne nous remplir de la lumiere de son esprit,
mettre en fuite l'ennemy, purifier nos enten-
demens, & fournir à nostre raison une lumiere
divine par laquelle nostre ame mise en possession
d'une tranquillité exempte de tempestes, puisse
servir à Dieu avec une parfaite joye.* Ce Saint
nous insinuë une raison qui nous doit bien
soûtenir dans le dessein de la persévérance ; c'est que le diable ne se lasse pas de
nous tenter : Nous ne devons donc pas
nous lasser de luy résister ; nostre résistance ne le rebute pas, nous ne devons pas

* *Constit. chap.* 17.

nous rebuter par ses tentations. Dieu qui
est le spectateur de nos combats, & le re-
munérateur de nos travaux, verra avec
plaisir l'ame devote aux mains avec ses infirmitez & ses distractions, & preste à la
voir succomber, il viendra enfin luy prêter
une main secourable.

La persévérance est une vertu de grand
usage, c'est à elle que nous devons les plus
beaux ouvrages de la nature, de l'art, & de
la grace. Si Dieu avoit laissé le monde imparfait, au lieu d'un miracle il auroit fait
un prodige. Il y a particuliérement de
certains ouvrages ausquels la derniére
main est si essentielle, que si l'on n'acheve,
ce qui avoit esté fait périt entiérement.
Si vous laissiez un tableau aprés les premieres ébauches, ces commencemens ne
laisseroient pas de subsister sur la toille;
mais si vous portez une roüe jusques à la
moitié de la pente d'une montagne, & que
vous l'abandonniez en cet endroit, en un
moment elle aura gagné le fonds du val-
lon, & vostre ouvrage non-seulement demeurera imparfait, mais il retournera tout
à fait au neant. La devotion est de ce dernier genre de choses, laissez-là à demy
faite, & ce que vous aurez fait périra bien
tost. C'est la toille de Penelope, ce qui se
fait le jour se défait la nuit. Si ta vie n'est

un jour perpétuel, & si tu ne travailles in-
cessamment à t'avancer dans la pieté par
l'exercice, une seule nuit formée par les
ténébres de l'indévotion, & par l'absence
de la grace, ruinera l'ouvrage de plusieurs
années, & un moment de paresse détruira
ce qu'un courage longtemps soûtenu aura
produit. Mais il n'est rien que la persévérance ne puisse achever. Ta devotion, ame
chrêtienne, n'est encore qu'une estincelle? Nourris précieusement ce feu sacré,
souffle-le sans cesse ; amasse alentour de la
matiére combustible ; fais-toy un thresor
de bonnes choses, tourne-toy souvent du
costé de Jesus Christ ton Soleil & ton
Astre, & cette petite estincelle deviendra
un grand feu, & ce feu causera un embrasement, & cét embrasement jettera des
flames, & ces flames sur leurs aîles t'éleveront jusques dans les cieux : Mais si tu
négliges cette estincelle, elle mourra.
Samson se livre entre les mains de Dalila,
il s'endort en son sein, on luy rase sa che-
velure, le siege de sa force ; & quand il se
réveille, il va à son ordinaire, enlever les
portes de Gaza, & rompre les liens des Phi-
listins, mais il ne se trouve pas le mesme.
Ainsi le fidéle qui se relasche de l'assiduité
de sa devotion, s'endort dans les bras de la
volupté ; son ame s'énerve, & croyant revenir

venir à l'ordinaire pour avoir commercé
avec Dieu, le diable l'attaque & le surmonte par un accablement de mauvaises
pensées, sous lesquelles sa devotion demeure liée comme par autant de chaînes.

Si les cieux s'arrétoient seulement un
jour, peut-eſtre qu'il se feroit un boule-
versement general de toute la nature, du
moins, & sans douté les choses inférieures
en recevroient un préjudice considérable.
Quand la partie supérieure de noſtre ame
arreſte ses mouvemens céleſtes, on ne peut
douter auſſi qu'il ne naiſſe un grand desordre dans la partie inférieure; car les paſſions qui veulent toûjours eſtre mâtées,
ménagent bien ces moments de relaſche
pour se préparer à la révolte. Il faut donc
que noſtre pieté & noſtre devotion ayent
la conſtance, la vîteſſe, & l'ordre du mouvement des cieux, afin que ce petit monde ſoit toûjours en bon eſtat. Rien ne doit
empeſcher ni interrompre le cours de la
devotion. Voyez Daniel, que toutes les
frayeurs de la mort ne ſçauroient arréter
en cette divine courſe. Il doit eſtre jetté
dans la foſſe des lions s'il invoque Dieu,
mais cela ne l'empeſche pas de se proſter-
ner à ses heures du côté de Jeruſalem. Sur
tout éloignons-nous de la maniére des
hommes qui courent aux affaires du mon-

de comme au plus preffé. Donnons à Dieu
préférablement ce qui luy appartient, &
ne nous mettons pas en peine du refte. On
dit que le ferpent met fa refte en feureté
quand il eft pourfuivy, & qu'il expofe le
corps s'il ne le peut fauver. Les heures
confacrées à la devotion, font la refte de
noftre vie, & c'eft une fainte prudence de
ne les expofer pas, mais les tirer du péril,
de peur que le diable & le monde ne les
devore. Enfin, je dis que la perféverance
de la devotion vaut mieux que fa violence. Il vaut mieux marcher à petit pas,
mais marcher toûjours, que de faire des
courfes rapides, mais interrompuës. Il y
a des devots qui ont des accez de devotion, pour un jour il n'eft rien de plus ardent, de plus humble, & de plus touché;
mais le lendemain le torrent des larmes
eft fi bien écoulé, qu'on n'en voit pas mefme les traces. La chaleur de cette fiévre eft
fi bien amortie, qu'on n'y trouve plus la
moindre eftincelle de feu. Une médiocrité
conftante eft préferable à ces excez de peu
de durée. Ce n'eft pas que je ne trouve
trés néceffaire que la devotion ait fes fê-
tes, & qu'elle ne travaille à fe réveiller
extrordinairement en certains jours & en
certains temps. Ce font-là les extrordi-
naires de la pieté aufquels on doit reve-

nir le plus souvent que l'on peut, & sur
tout n'y manquer jamais dans les temps
destinez aux œuvres pieuses, comme est
la participation au tres vénérable sacrement
du corps & du sang du Seigneur ;
Mais je voudrois qu'outre ces extrordinaîres,
l'ame eust son ordinaire bien ré-
glé ; & si elle ne peut pas estre toûjours
dans les grands mouvements comme il seroit à souhaiter, qu'elle ne tombe du
moins jamais dans le relaschement.

Méditation.

O Mon Dieu, que j'aurois bien lieu de
me rebuter, & de desespérer du succez de tous mes desseins, si je considérois
seulement & la grandeur des entreprises,
& les difficultez qui s'y rencontrent, & la
médiocrité de mes forces, ou pour mieux
dire ma foiblesse & mon neant. Je veux de
grandes choses, car je veux devenir un
seul tout avec mon Dieu. Je veux devenir
semblable à luy ; je veux retracer en moy
son image ; je veux nettoyer mon cœur
que le peché a soüillé ; je veux relever ce
grand édifice que le peché & le diable ont
ruiné ; Je veux monter sur le thrône ; je
veux devenir Roy & sacrificateur à Dieu
mon pere. Helas, mon ame, où trouve-

rois-tu des forces en toy-mesme pour faire
de si grandes choses, & en si grand nombre, toy qui n'és que ténébres, que foiblesse, que souillure ? Quand tu n'aurois
point d'autre ennemy à combatre que le
diable, comment vaincrois-tu ce dragon
roux qui a sept testes & dix cornes. Ce
malheureux serpent dés le commencement
du monde empoisonna de son haleine & de
ses paroles nos premiers parents. Il infecte
aujourd'huy toutes les sources où nous allons boire ; il tend ses filets en toutes nos
voyes, & il remplit de piéges tous nos
chemins ; mais sur tout, il ne fait jamais
de plus grands efforts pour nous perdre,
que quand nous en faisons quelques-uns
pour nous unir à Dieu par la priére & par
la dévotion. Alors il remuë tous les fantômes de nostre imagination pour nous
enlever de la presence de nostre Dieu. Il
éleve les flots de nos passions & de nostre
concupiscence pour nous tirer de ce port
salutaire. Il est vray qu'il a bien intérest
d'en user ainsi, car ô mon ame, tu ne le
combats jamais avec tant de succez, que
par la priére quand elle est fervente & devote. C'est pourquoy il remuë le ciel & la
terre en ton imagination pour te distraire,
& pour t'inspirer des sentimens de froideur. Ne te flate pas mon cœur, si tu ne
vois

vois pas cet ennemy des yeux de la chair
décocher ſur toy ſes traits. Il te parle, il
t'attaque, il te tente par la bouche de ta
concupiſcence, qui ne luy manque jamais, & qui a fait ligue avec luy : Mais
auſſi mon ame ne perds pas courage, ſi tu
ne peux rien par toy meſme, tu peux toute choſe en ton Sauveur qui te fortifie.
Veille, ſois ſobre, perſévére, tiens bon,
conjure cét eſprit malin, & le chaſſe loin
de toy ; *réſiſtez au diable, & il s'enfuira de*
vous : Il ne preſſe que ceux qui cédent.

Priere.

E T toy Seigneur Jeſus, mon divin Rédempteur, grand ange de l'alliance, &
ange de lumiere, oppoſe-toy pour moy à
cét ange de ténébres. Lion de la tribu Juda
briſe les dents à ce lion rugiſſant qui tourne à l'entour de moy pour me devorer.
Sainte ſemence de la femme, briſe la teſte
de ce ſerpent ; donne-moy des remédes
contre ſon poiſon. Que ta grace guériſſe
les playes que ſes morſures ont faites à
mon ame. Soûtiens-moy dans les difficultez, que ce dangereux ennemy me fait
naiſtre, & me fait rencontrer dans mes
exercices de devotion. Quand j'entre dans
mon cabinet ou dans ton temple, ſois à

B b

l'entour de moy comme un mur d'airain, & comme une muraille de feu, pour défendre l'accez à ces esprits malins. Tellement que sous les aîles de ta protection & de ton amour, je vive durant ces momens dans un air tranquille & serain, dans une profonde paix, à la faveur de laquelle je te puisse consacrer toutes mes pensées, ma volonté, mon cœur, mon intelligence, mon imagination, & que rien ne me tire de ton sein, & de tes chastes embrassements.

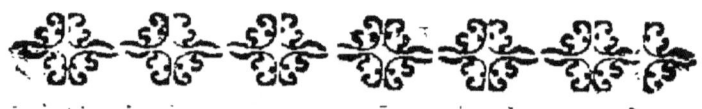

CHAPITRE V.

Cinquiéme conseil general pour aider la devotion ; avoir toûjours Dieu devant les yeux.

C'Est un remede à bien des maux, mais sur tout il est singulier pour l'indévotion. Je diray tantost que le fidéle doit avoir ses heures de méditation dans lesquelles il retrace expressément en son esprit les idées de la divinité, & réveille la memoire de ses bienfaits & de ses graces ; mais ce n'est pas ce que je veux dire à pre-

ſent : Je parle de cette penſée continuelle,
& pour ainſi dire habituelle de la divinité,
qui ne nous devroit jamais abandonner.
C'eſt une méditation delicate & trés ſpiri-
tuelle qui vient à la traverſe dérober aux
occupations du monde des momens qu'elle conſacre à Dieu ; c'eſt une ſublime opération de l'intelligence illuminée des lumiéres de la grace qui trouve Dieu par
tout, qui le meſle dans toutes nos actions,
& le démeſle de tous les objets. C'eſt une
action de l'ame par laquelle au milieu des
affaires humaines elle ſe tourne ſans violence du côté de Dieu, par une habitude
qu'elle s'en eſt formée. Elle ſe fait que
toutes les choſes luy ſont des eſchelles
pour monter au ciel, & que tous les objets
l'entretiennent de Dieu. Un artiſan au
milieu de ſes ouvrages, un voyageur au
milieu de ſes voyages, un ſçavant en ſes
lectures, trouvera moyen de ſanctifier ce
qu'il fait en y faiſant intervenir la divinité
par des réfléxions pieuſes. Ame fidéle, que
l'agneau te ſuive par tout où tu iras, afin
que tu le puiſſes ſuivre un jour par tout où
il ira. Si tu te mets au lict, penſe au tombeau du Seigneur Jeſus, qui pour ton ſalut
a bien voulu entrer dans le ſejour de la
mort. Es-tu preſt à te donner au ſommeil,
penſe à Jeſus Chriſt, auquel le ſommeil de

la mort a fermé les yeux. Un enfant naif-
fant te rappellera la pensée de l'abaisse-
ment de ton Seigneur en sa naissance. Un
malheureux souffrant pour ses péchez, te
fera penser à Jesus Christ souffrant pour
les tiens. Un homme demandant l'aumô-
ne, te parlera du Seigneur Jesus Christ qui
s'est fait pauvre, afin que tu devinsses riche. En un mot, de toutes choses tu te feras aisément une occasion de penser à ton
Dieu. Que diray-je des objets de la nature
qui te le rappelleront dans l'esprit comme
malgré toy. Si tu te leves matin, tu ne
pourras voir le Soleil levant sans penser à
celuy qui a fait ce grand chef-d'œuvre, &
sans te souvenir du Soleil de ton ame qui
verse les rayons de la grace en ton cœur
pour en dissiper les ténébres. Les bois, les
riviéres, les montagnes, les campagnes
couvertes de moissons, les arbres, les
fruits, les fleurs, tout enfin t'entretiendra
de Dieu ; *car les cieux annoncent la gloire de*
Dieu, & l'étenduë presche l'ouvrage de ses
mains. Les mousches mesmes & les vers
t'en parleront, puisqu'on y voit reluire la
divinité, *car cet ouvrier, a bien dit S. Augu-*
stin, *paroist grand dans les grandes choses, de*
maniére qu'il ne paroist pas moins grand dans
les plus petits de ses ouvrages.

Il faut donc se former une habitude de

penser à Dieu mesme en faisant toute autre chose, & ce sera le vray moyen de bien
faire ce que nous ferons, & d'obliger Dieu
à le faire avec nous. Sur tout, il y a des
emplois qui ne prennent pas une ame toute entiere. Un ouvrier sur son ouvrage,
ou une femme dans les occupations ordinaires aux personnes de son sexe, roulera
dans son imagination mille desseins chimériques, elle s'égayera en mille lieux, &
pensera à cent choses successivement :
Mais qui l'empeschera de donner à Dieu
cette partie de son ame & de son attention
qu'elle dérobe à ses ouvrages ? Pourquoy
ne pensera-t-elle pas à son Redempteur,
aux obligations qu'elle luy a, & à la reconnoissance qu'elle en doit avoir plûtost
qu'à une vaine conversation qu'elle aura
euë avec l'une de ses voisines, ou à quelque avanture dont le recit l'aura divertie.
Il faut, disoit un Pere de l'Eglise, *soigneu-*
sement garder nostre cœur, & ne souffrir jamais
que la pensée de Dieu l'abandonne, de peur que
la memoire des merveilles de Dieu ne demeu-
re estouffée sous la foule des vaines pensées. Il
faut faire en sorte que par un souvenir perpetuel
la pensée de la divinité devienne en nous, com-
me l'impression indélébile d'un cachet & d'un
sceau. Cela n'est pas si impossible qu'on se

* *Reg. fusius explic. quæst. 5.*

le pourroit bien imaginer d'abord ; car une ame véritablement devote, pense à Dieu non-seulement sans peine, mais souvent presque sans s'en appercevoir. *Ta loüange, dit David, sera continuellement en ma bouche.* Surquoy le mesme autheur qui nous parloit tout à l'heure nous dit encore. *Comment cela se peut-il faire ? un homme au milieu des affaires & des conversations humaines, peut-il avoir les loüanges du Seigneur à la bouche ? Quand il dort, quand il boit, quand il mange, & mesme quand il se taist, chantera-t'il les loüanges de Dieu ? Ie répons, dit-il, qu'il y a au dedans de l'homme une bouche intelligible par laquelle il reçoit la parole de vie qui est le pain celeste, rien ne l'empesche d'avoir toûjours les loüanges de Dieu en cette bouche ; & je dis que la pensée de Dieu gravée & comme scellée dans la partie supérieure de l'ame peut estre appelée une loüange qui n'abandonne point le cœur.*

Au reste, on ne sçauroit dire combien c'est icy une grande ayde à la devotion. Quand il faut aller chercher Dieu bien loin, l'ame s'égare en chemin ; mais si elle tient Dieu toûjours auprés d'elle, elle ne pourra le manquer. O qu'il est aisé de remettre le cœur sur les brisées de la devotion, & sur les voyes de son sauveur, quand

* *In P. 34.*

elle ne le perd jamais de veuë. Si vous laiffez refroidir un fourneau entiérement, on
ne pourra le réchauffer qu'avec grande
peine & grand couft, mais ayez foin d'entretenir le feu, & à peu de frais vous con-
ferverez le degré de chaleur qui luy eft néceffaire. Si noftre ame auffi fe ralentit &
fait interruption de penfer à Dieu, nous
aurons plus de peine à rallumer les flames
de la devotion ; c'eft pourquoy il la faut
tenir toûjours en haleine, & toûjours en
exercice.

Cette continuelle penfée de la divinité
luy fera un facrifice trés plaifant, femblable au facrifice du foir & du matin qui
s'appelloit auffi le facrifice continuel ;
femblable à ce feu facré qui brûloit toûjours fur les autels ; femblable enfin à une
invocation fans relafche ; * *car c'eft ainfi,*
difoit S. Bafile, *que tu pourras prier inceffam-*
ment, non en proferant des paroles d'invoca-
tion, mais en faifant des œuvres d'imitation :
fi ta conduite vife uniquement à te rendre con-
joint & femblable à Dieu, ta vie fera comme
une perpétuelle & une conftante oraifon : mais
ne doutons pas que ces facrifices conti-
nuels, que cet encens qui fume toûjours,
& que ces priéres implicites & indirectes
qui fortent de noftre cœur en tous lieux, &

* *Homil. in Julitt.*

en tout temps, ne soient des moyens tres efficaces pour nous rendre Dieu accessible. Tellement que toutes les fois que nous voudrons nous unir encore plus estroite-ment à luy par des devotions & des priéres plus expresses, il se trouvera incontinent auprés de nous, & nous remplissant de sa lumiére, il nous menera chez luy, & nous honorera de ses saintes communications.

Méditation.

L'Homme est estrangement composé, il se donne bien de la peine pour ne pas faire son devoir, & il néglige les cho-ses faciles, parce que Dieu les luy com-mande. Il n'est rien de si aisé que de pen-ser à Dieu, & rien cependant que l'on fasse moins. Il semble mesme qu'il soit impossible de n'y pas penser, puisque tous les objets qui tombent sous nos sens nous parlent de la divinité. Mon ame, ne vois-tu pas ses traits, ses caractéres, & ses tra-ces en tous lieux? Mais ne le vois-tu pas en ta propre conscience, & n'est-il pas dans le sein de chacun de nous? Cela est facile donc de penser à son Dieu, mais cela est encore plus doux que cela n'est fa-cile. Ah mon ame, si tu estois aussi spiri-tuelle & aussi détachée de la matiére que

tu

tu dévrois estre, tu ferois de cette méditation tes delices & ta souveraine volupté.
Ce grand Dieu; ce bon Dieu est la premiere beauté aussi bien que la seule bonté. Mes yeux admirent la lumiére du soleil,
la régularité de ses mouvements, l'efficace
de sa chaleur, les révolutions si justes &
si réglées des corps celestes. Nous admi-
rons des beautez humaines & des esprits
desquels la force & l'élévation nous paroist angelique : mais tu dois sçavoir, ô
mon ame, que ces beautez sont découlées
de ton Dieu, & que ce n'en sont que de
foibles images ; que la lumiére du soleil
n'est que ténébres en comparaison de luy;
& que les ames les plus belles & les plus
élevées sont terrestres & rampantes, com-
parées à son intelligence. Si tu l'avois veu
en sa gloire, tu serois ravie en extase, tu
dirois, *il est bon que je sois icy, & que j'y bâ-
tisse un tabernacle.* Mais helas! tu ne le sçaurois voir. Il n'est rien de tout ce que tu
vois, & de tout ce que tu sens. Ce n'est
point une lumiére corporelle, ni une couleur pour tes yeux. Il n'est point un son
ni une voix pour tes oreilles. Il n'est point
une saveur pour ton palais, ni une odeur
pour ton odorat. Enfin, il n'est pas un
corps solide pour ton attouchement. Tu
ne le vois nulle part, cependant tu le peux

trouver par tout ; pense à luy, & ta méditation te le fera sentir, tenir & posseder.
Tu verras de tes yeux spirituels une lumiére intelligible qui efface toute la beauté
de la lumière visible. Tu entendras une divine harmonie qui surpasse tous les charmes de la musique. Tu goûteras une viande dont la delicatesse & l'excellence est au
dessus de toute imagination ; & tu diras,
venez & goustez combien le Seigneur est bon.
Le cœur n'est jamais si bien à son gré
qu'auprés de son thresor ; sçache mon ame
que Dieu est ta richesse & ton véritable
thresor ; & par conséquent cours aprés luy
continuellement, cherche-le toûjours, &
quand tu le tiendras ne l'abandonnes jamais. Une femme doit-elle avoir de pensée plus douce que celle de son mary quád
il est absent ? Ton Dieu est ton espoux, ô
mon ame, *ton mary est celuy qui t'a faite*, il
t'a épousée en ses grandes compassions.
Ne dois-tu donc pas aspirer à le posseder,
& chercher ses chastes & divins embrassements ? Or tu ne sçaurois obtenir cette faveur qu'en attachant ton esprit à sa divine
essence, & à ses perfections infinies par
une perpétuelle méditation. Arriére donc
vains objets qui me dérobez l'objet de mon
amour ; loin d'icy occupations criminelles
qui m'empeschez de penser à mon Dieu.

Priere.

JE te cherche, ô mon Dieu, vueille donc auſſi me chercher, afin que nous nous rencontrions incontinent. Approche toy de moy, mets ta main ſous ma teſte, car je me pâme d'amour. Tu mets un voile ſur ta face, tu me dérobes la pluſpart des rayons de ta gloire ; c'eſt que mes yeux ſont encore impurs, & ne ſçauroient te regarder ; ils ſont foibles, ils ne peuvent ſoûtenir l'éclat & la ſplendeur de ta lu-miére. Tu es caché derriere tes creatures, & tu te laiſſes ſeulement entrevoir : mais ô mon Dieu, purifie mes yeux, afin qu'ils te puiſſent contempler à découvert ; mets mon cœur ſur tes voyes, afin qu'il te cher-che ; embraſe mes affections, afin qu'ils t'embraſſent. Si tu es un Dieu caché, & qui ſouvent s'éloigne de moy, je ſuis d'au-tre part la brebis égarée, & je m'éloigne de toy. Prens donc le loiſir de me cher-cher, montre-toy à moy, ne t'éloigne plus, & ne me cache plus ton viſage. Rappelle-moy de mes égarements, ne per-mets pas que je ſois entraiſné par le mon-de, & par la foule de ſes vains objets : at-tache mon ame à toy par les liens de ton amour, de maniére que je ne ſois pas un

moment fans penfer à toy, & qu'ainfi
quand je te voudray prier, je te trouve
toûjours prés de moy.

CHAPITRE VI.

Premier confeil particulier : avoir fes
heures de Devotion bien réglées
& bien choifies.

A Prés ces confeils generaux, il eft bon
d'en donner de plus particuliers : Et
premierement je croy que c'eft une grande ayde à la devotion que d'avoir fes heures bien réglées. L'homme eft un animal
d'habitude à peu prés comme les autres.
Un cheval qui aura pris la coûtume d'aller
par un chemin, ne manquera jamais d'y
retourner ; quand les heures de fes repas
feront arrivées, il ne voudra plus marcher;
Ainfi le cœur retourne tout feul comme
fans conduite & fans effort aux chofes
qu'il a pris la coûtume de faire. Prenez
donc vos heures le foir, le matin, à midy,
à neuf heures, à trois, faites-vous une loy
durant quelque temps de ne laiffer jamais
paffer ces heures, & de ne les confacrer à
autre

autre chofe qu'à la devotion , & vôtre
cœur y retournera fans peine à ces mefmes
heures. Les parties mefmes qui font en
nous deftituées de connoiffance, font capables de ces habitudes : Quand un eftô-
mach a pris la coûtume de manger à certaines heures, fi cela ne fe fait, il fent bien
que quelque chofe luy manque. La confcience eftant l'eftomach de l'ame , don-
nez-luy fes celeftes repas bien réglez, & fi
vous veniez à y manquer , elle mefme
vous en avertiroit : Mais apprenez à ne
luy point faire de violence, & à ne la pas
folliciter à fe taire, quand elle vous advertit au milieu de vos occupations, que
l'heure eft venuë ; ne la remettez pas à une
autre fois, car fi vous la déréglez elle fe
perdra. Elle ne vous advertira plus , vous
ferez obligez de la folliciter , & alors une
ame eft en trés mauvais eftat quand la confcience s'endort, que le cœur s'affoupit,
& qu'on a befoin de les réveiller par une
réfléxion expreffe.

Si vous me demandez qu'elles heures il
faut choifir, & combien, j'auray peut-eftre
affez de peine à vous répondre. David les
régle à fept pour luy : *Ie chante tes loüanges
fept fois par jour.* David en avoit trois principales : Le Seigneur Jefus fe retiroit toutes les nuits en la montagne pour prier :

D d

Helas , il feroit bien à fouhaiter que nous
puffions donner à Dieu toutes nos heures,
mais les néceffitez de la nature & les infirmitez de la chair s'y oppofent , & je ne
fçay de quelle trempe peuvent eftre ces
devots dont on nous parle qui paffent des
jours & des nuits entiéres en contemplation & en méditation. Je ne veux rien prononcer là-deffus, & je laiffe chacun à fa
confcience. Si nous ne pouvons pas donner tout à Dieu, au moins il eft certain
que nous luy devons réferver le meilleur,
& qu'entre nos heures, nous luy en devons deftiner quelques-unes qui luy foient
propres, & qui ne fe donnent jamais au
monde. Le nombre en doit eftre réglé felon la diverfité des forces, & je croy mefme que cela doit augmenter à mefure que
l'on fait des progrez en la devotion. On
ne charge pas un novice de tous les labo-
rieux exercices d'un profez ; un enfant ne
fçauroit lever un fardeau qu'un homme
vigoureux portera fans peine : Que chacun donc fe régle felon fa force. Il eft bon
de manger quand on a faim, & de s'approcher de Dieu quand le cœur s'échauffe ;
quelque fouvent qu'il y revienne , il ne
faut rien luy refufer là-deffus : mais il faut
rémarquer que fi voftre appetit enfevely
ne paroift pas, vous ne laiffez pas de pren-

dre vos repas à vos heures, & vous aime-
riez mieux manger ſans faim que de laiſſer
périr voſtre vie manque d'aliment. Il en
eſt icy de meſme ; ſi vous eſtes aſſez malheureux pour eſtre privez de ce ſaint appetit des choſes ſpirituelles, ne l'attendez pas
à venir, ne perdez pas les heures de vos
devotions & de vos repas ſpirituels, man-
gez ſans faim, & peut-eſtre que voſtre appetit ſe réveillera. Il n'y a pas d'homme
en ſanté qui mange moins que deux fois le
jour ; & meſme on fait prendre de la nour-
riture aux malades beaucoup plus ſouvent, on obſerve ſeulement que leurs repas ſoient courts & legers. Je penſe qu'on
doit ordonner la meſme diete à ces ames
indiſpoſées & encore novices dans l'exercice de la devotion. Il faut les obliger à
y revenir ſouvent, mais par des exercices
courts, afin de ne pas dégoûter ces ames
encore débiles.

Si une horloge n'eſt montée pluſieurs
fois le jour, elle n'ira pas long-temps ; les
poids qui ſont attachez à ſes cordages deſ-
cendent en bas, & tout auſſi-roſt qu'ils
ont atteint la terre, toute la machine demeure en repos. L'ame eſt cette merveil-
leuſe machine compoſée de facultez comme de rouës & de reſſorts, le poids de la
chair la tire en bas : Monte-la ſouvent, ſi

tu veux qu'elle aille, *relevez vos mains qui*
font lâshes, & vos genoux qui font déjoints.
Ceux qui conduifent ces machines auto-
mates, obfervent de les monter tous les
jours aux mefmes heures, autrement elles
fe déréglent. C'eft ce que j'ay dit devoir
eftre obfervé pour la conduite du cœur
devot.

Toutes heures font bonnes, car le ciel
eft toûjours ouvert, & le thrône de Dieu
toûjours acceffible. Cependant, il y en a
de plus propres les unes que les autres.
Celles du matin font fi fort à Dieu, qu'on
ne fçauroit les luy dérober fans facrilege.
Si Dieu veut les prémices de nos trou-
peaux, à plus forte raifon de nos heures;
& quel temps plus propre pour élever nos
yeux & nos cœurs au Soleil de Juftice, que
celuy dans lequel le foleil fenfible s'éleve
fur noftre monde? N'eft-il pas temps alors
que l'étoille du matin s'éleve dans nos
cœurs, & que la priere ouvre la porte à la
grace? A quelle heure pourrions-nous
plus à propos lever à Dieu nos cœurs que
dans le commencement d'une carriére de
laquelle le fuccez dépend entiérement de
luy? Dés le matin, il faut fceller nos cœurs
de ces faintes penfées, & remplir noftre
efprit de ces idées chaftes & falutaires,
afin que la corruption du monde qui dans

le reste du jour viendra donner par les sens
mille assauts à nostre cœur, le trouve bien
fortifié. Ce sera une rosée du matin douce
& céleste qui tombant en nos ames, les
rendra fertiles en bonnes œuvres tout le
reste du jour. Ce sera un antidote contre
le mauvais air du monde, sans lequel nous
ne devons jamais sortir du logis pour nous
exposer à la rencontre des objets conta-
gieux. Comme Dieu doit estre le premier
vivant en nostre cœur, il y doit estre aussi
le dernier, car il dit je suis Alpha & Ome-
ga, le commencement & la fin. Qu'il
ouvre donc la porte de nos pensées le matin, & qu'il la ferme le soir. Ce sera un
sceau que les démons respecteront ; tout
desarmez que nous serons durant le sommeil, ils trembleront à nostre veuë & ne
nous oseront aborder. L'ange destructeur
passant respectera cette impression & ce
fruit du sang de l'agneau. Ces devotions
du soir seront de saintes semences jettées
en bonne terre qui ne manqueront pas de
germer & de se produire au matin, car le
cœur n'aura pas de peine à commencer la
journée presente par ce qui aura finy la
precedente : Et puisqu'il est vray que l'ame
abandonnée à elle-mesme dans le sommeil se porte naturellement sur les der-
niers objets de la veille, il ne faut pas dou-

ter que les songes ne soient heureux, &
les idées douces qui naistront des derniéˆ
res impreſſions que la pieté aura faite ſur
le cœur.

La nuit elle-meſme eſt parfaitement aˆ
mie de la devotion. C'eſt alors que les re-
cueillemens ſont faciles , l'ame n'eſtant
pas diſſipée par la preſence des objets. Rien
n'eſt plus doux que de remplir ſon cœur de
ſon Dieu quand il eſt vuide de toutes choſes. Dieu trouve bon qu'une ame fidéle
faſſe de ſon lict ſon autel , & qu'elle luy
offre ſes vœux dans cette retraite loin de
tous témoins : Que ton corps ſoit couché,
pourveu que ton ame ſoit élevée & que
tu tombes ſur les genoux de ton cœur,
comme diſoit S. Clement Romain. Il
ſemble que ces communications nocˆtur-
nes avec Dieu ſoient plus eſtroites , parce
qu'en ſe mettant au lict on dit adieu au
monde, & l'on bannit ſes chagrins afin de
donner du repos au corps. L'ame s'en trouve bien , & à ſon réveil ſe trouvant dégagée des embarras du monde, elle a toute ſa
liberté pour monter à Dieu : Auſſi voyons-
nous que la pluſpart des Pſeaumes de David ont eſté compoſez la nuit. Je beniray
le Seigneur dit-il au Pſeaume ſeiziéme,
lequel me donne conſeil , meſme les nuits du-
rant leſquelles mes reins m'enſeignent. Il nous

asseure au Pseaume sixiéme qu'il baigne
son lict de larmes, & l'épouse dit, *J'ay*
cherché durant les nuits celuy qu'aime mon
ame. Enfin, nous apprenons de l'histoire,
que S. Antoine le patriarche des solitaires
du desert, se plaignoit assez souvent du
retour du soleil à peu prés en ces termes.
Pourquoy viens-tu soleil troubler le repos de
mon ame, pourquoy te leves-tu si-tost pour
m'arracher du sein de mon Dieu, pourquoy
me viens-tu dérober la veuë de mon véritable
Soleil?

Méditation.

LA mesure de l'amour de Dieu est de
n'avoir ni mesures ni bornes, c'est de
renfermer tous ses degrez de l'amour. La
véritable régle pour les heures de la devotion, c'est de consacrer à Dieu toutes
ses heures. C'est-là, mon ame, ce que tu
devrois faire, mais tu ne sçaurois ; car tu
traisnes aprés toy une prison corporelle
qui ne te le permet pas. Tes affections ne
sçauroient estre domtées jusques-là ; tu és
mesme sujette à des nécessitez mondaines
qui ne le peuvent souffrir. Que tu seras
donc heureuse quand tu seras en lieu où
tu pourras donner toutes tes heures à ton
Createur & à ton Sauveur. Là, delivrée
des liens de la chair, tu serviras d'esprit en

liberté au pere des esprits. Tu partages aujourd'huy ton tems entre tes occupations, tes divertissemens, tes repas, & tes devotions : Mais alors, ces quatre choses ne seront point distinctes, elles seront toutes confuses & les mesmes. Tes occupations continuelles seront de chanter les loüanges de ton Dieu, & de contempler sa gloire. Tes repas & ta viande seront de faire la volonté de ton pere celeste. Tes plaisirs & tes divertissemens seront de posseder par une tres intime joüissance ce Dieu qui est la source de toutes les joyes. Tu n'auras plus d'heures de devotion, car cette quatriéme partie sera confonduë dans les trois autres. Tu seras toûjours tout de feu, tout de zele, tout de véhémence, & tout de flame pour le service de ton Dieu, en cela consistera ton souverain bonheur. Veux-tu donc approcher icy bas de la gloire du paradis ? multiplie & continuë autant que tu pourras tes commerces & tes communications avec ton Dieu. Si tu estois toûjours avec Dieu, Dieu seroit toûjours avec toy : Or où est Dieu là est le paradis. Quand tu entres en ton cabinet avec une disposition devote, Dieu y entre avec toy, & aprés luy une foule d'anges, de chérubins & de séraphins ; car il campe ses anges allentour de ceux qui le crai-

gnent, & fur tout au moment qu'ils le
craignent & le fervent. Il n'eft point d'objet plus charmant pour les anges qui cherchent le falut des hommes, que de voir
une perfonne devote, qui tombe fur fon
vifage en terre, qui baigne fon lict & fou
fein de larmes, qui pouffe vers le ciel des
foûpirs ardents, qui porte fes yeux au ciel
où eft fon cœur, & qui eftend fes mains
pures à fon Dieu afin de l'embraffer. Il y a
de la joye au ciel pour une ame devote,
comme pour une ame pénitente. C'eft
pourquoy le ciel, pour ainfi dire, defcend
& vient à ce fpectacle. Travaille donc,
mon ame, à eftre toûjours dans l'exercice
de la devotion, comme de la pénitence,
afin que le ciel fe réjoüiffe, & que ton
Dieu vienne fouvent à toy. Par ces frequentes communications tu deviendras
lumineufe comme le vifage de Moyfe. Les
rayons de ce divin Soleil te pénétreront,
t'éclaireront, banniront les tenebres du
milieu de toy, & fondront la glace & la
froideur qui te rendent négligente. En
le contemplant, fouvent tu deviendras
fon miroir, & tu feras transformée en la
mefme image de gloire en gloire comme
de par l'efprit du Seigneur.

E ❧

Prière.

O Soleil de mon ame, je te cherche de toute ma force, ne te cache pas de moy, ne souffre pas d'éclipse : Dissipe ces nuages qui te couvrent, qui te tiennent séparé de moy, & me dérobent la veuë de ta lumiére. Mes péchez, je le confesse, poussent continuéllement de sales, d'épaisses, & de malignes vapeurs, qui peuvent former de gros nuages, & ces nuages enfanteroient en suite les orages & les foudres de ta sévére justice, si tu me voulois punir comme je le mérite : mais ô mon Dieu, empesche desormais ces vapeurs de s'élever, & en taris la source : Que mon cœur ne soit plus comme un marais plein d'eaux dormantes & pourries, mais que ce soit une source vive & pure ; que ce ne soit plus un champ maudit abondant en poisons ; mais un champ fertile en fleurs & en fruits de vie, & que de là ne montent vers toy que de douces vapeurs & de benignes exhalaisons des priéres & des actions de graces, qui te fassent flairer un odeur d'appaisement. Que ces douces vapeurs se changent en douces rosées, & que ta grace tombant sur mon ame comme une pluye sur une terre alté-

rée, la réjoüiſſe & la rende verdoyante &
féconde en fruits de juſtice. Tu és ma lumiére, éclaire-moy dans les ténébres de la
nuit quand je t'invoque de mon lict.
Viens m'honorer de ta preſence durant
l'abſence de tous les autres objets, afin
que je te poſſede ſeul, & que rien ne te
dérobe à mon ame. Fay que la douceur
de cette joüiſſance répande en mes yeux
un feu céleſte, & une ſainte gayeté ſur
mon viſage qui m'accompagne tout le
jour, & me garantiſſe de tant de chagrins
auſquels je ſuis expoſé : Que je me couche
le ſoir comme en ton ſein, & que je me
jette entre tes bras pour ne rien craindre
de tout ce qui épouvante durant les ténébres.

CHAPITRE VII.

Deuxiéme conſeil particulier pour aider
la devotion, la ſolitude, & les
ſaintes aſſemblées.

SAns un grand effort d'eſprit, on recon-
noît que la devotion demande la ſolitude. Nous avons là-deſſus la déciſion

de noſtre moitié ; *ſi tu veux prier*, dit-il, *entre en ton cabinet.* C'étoient d'étranges raiſons que celles des phariſiens qui prioient aux coins des ruës & dans les places publiques. Le Seigneur Jeſus eſtoit bien fondé à les accuſer d'hypocriſie ; mais ce n'eſt pas ſeulement pour éviter le faſte & la parade que Dieu hait en toutes choſes, & particulierement dans la devotion ; c'eſt afin qu'une oraiſon ſoit pure & bien faite. Le moyen je vous prie qu'une ame ſe recüeille au dedans, ſi mille objets abordent ſes ſens, & la tirent au dehors ? Il faut donc nous mettre en lieu où nous ne ſoyons pas obligez de la défendre contre les aſſauts que luy livrent les objets des ſens. Quelque loin que nous nous retirions du monde, nous emporterons aſſez du monde avec nous, & les images de ſes objets nous perſécuteront aſſez ſans nous expoſer volontairement à la perſécution des objets meſmes. Ouy, les commerces de l'ame fidéle avec ſon Dieu, demandent le ſecret. Le Seigneur eſt un époux qui ne jette pas ſes faveurs ſur la foule, & qui ne les expoſe pas à la veuë des hommes, comme diſoit S. Bernard ; il veut de l'ombre & de la retraite. C'eſt pourquoy l'épouſe veut emmener l'époux dans la chambre de ſa mere & dans ſes cabinets. Quelque choſe que

que nous ayons deffein de faire, s'il y faut
de l'application, nous cherchons la retraite pour n'eftre pas diftraits. Nous la devons donc chercher pour la devotion,
puifque rien au monde ne demande plus
d'attachement. Le devot doit eftre éloigné de tous témoins pour eftre entierement libre de toutes manieres. La devotion a fes actions & fes paroles ; elle a fes
tranfports & fes mouvements, où le corps
peut fouvent mefler les fiens, & cela ne
doit pas eftre expofé à la veuë des hommes
qui pourroient en faire de mauvais jugemens. Si ces raifons avoient befoin d'ê-
tre foûtenuës d'exemples, nous avons celuy du Seigneur Jefus, à qui les montagnes
ne fembloient pas encore affez fecretes,
affez folitaires, puifqu'il y joignoit les ténébres de la nuit : Celuy de Daniel, qui
fermoit la porte de fa chambre pour prier :
Celuy de S. Pierre qui montoit fur le toiét
de la maifon pour y faire fes devotions :
mais ce fujet eft fi peu difputé, & fi peu
difputable, qu'il n'eft pas befoin de s'y
étendre davantage.

La néceffité de la folitude pour la devotion, nous peut donner des veuës plus
étenduës. Il y a eu plufieurs grands hommes, & je veux croire plufieurs grands
Saints, qui ont crû que la devotion & la

Ff

solitude estoient si inséparables, que non
seulement les devots se devoient donner
quelques heures de retraite, mais que la
vie toute entiére y devoit estre consacrée.
C'est ce sentiment qui a peuplé autrefois
les deserts de la Thebaïde & de la Syrie de
tant de solitaires. Ils fuyoient le monde
pour élever leur ame plus facilement à
Dieu, & pour acquerir une habitude de
devotion plus pure & plus ardente. Et de
là peut estre venu le nom mesme de devotion, qui vient de dévoüé, parce que ces
chrétiens se dévoüoient à Dieu d'une façon particuliére.

Il est assez difficile de prononcer sur ce
genre de vie. Je ne voudrois pas condamner tous ceux qui l'ont suivy. Je ne veux
pas douter que plusieurs n'ayent esté me-
nez par l'esprit au desert comme le Seigneur Jesus : Mais j'ose bien dire que cét
estat est sujet à d'aussi grandes tentations
que l'ame du monde. C'est à mon advis
beaucoup présumer de ses forces, que de
s'aller exposer tout seul aux coups d'un
ennemy aussi puissant que le diable. Dans
la societé, si l'un tombe, l'autre le releve,
mais dans le desert il se faut soûtenir par
soy-mesme : Il faut tirer tout de son fonds,
estre son pasteur, son conducteur, & son
directeur de conscience, & qui croit avoir

affez de lumiére pour fournir à tous ces
devoirs, a trop bonne opinion de foy. Je
ne voudrois rien de plus fort contre ce
genre de vie, que ce qu'en a efcrit S. Bafile luy-mefme, grand amateur de la vie
monaftique, dans fes régles étenduës. * Il
croit que cette efpéce de vie n'eft pas plus
charitable que prudente ; ou bien l'on a
befoin de fecours, ou l'on eft en eftat d'en
donner. Si l'on en a befoin, c'eft une im-
prudence de fe confiner en un lieu où l'on
ne fçauroit en recevoir : Si l'on peut en
donner aux autres, c'eft manquer de charité que de fe dérober à une focieté à laquelle on peut eftre utile. Il a raifon de
dire que c'eft fe priver de l'efpérance d'entendre un jour de la bouche du Seigneur,
ces paroles, *tu as donné à manger à celuy qui*
avoit faim, à boire à celuy qui avoit foif ; tu
as revêtu celuy qui eftoit nud, & vifité celuy
qui eftoit en prifon. Enfin, je crains que la
remarque de ce Pere au mefme lieu ne foit
trés-véritable ; que cette vie bien loin
d'eftre le chemin de l'humilité, ne foit une
efchelle d'orgueil ; car ces folitaires fe
comparant eux-mefmes à eux-mefmes,
comme parle S. Paul, & ne voyans rien de
plus achevé qu'eux, fe perfuadent eftre
parfaits. Chacun fe voit de trop prés pour
fe bien connoiftre, & on ne fe connoift

* *Quæft.* 17.   F f ij

pas affez pour fe corriger : C'eft pourquoy
un folitaire qui ne fe fert pas des yeux
d'autruy pour s'éxaminer, laiffe fans doute efchaper beaucoup de vices à qui des
juges plus févéres que nous ne fommes à
nous-mefmes, ne feroient jamais de grace.
Au refte, je l'ay déja dit, bien loin que ce
genre de vie foit d'un grand ufage pour la
devotion, je croy qu'il y peut nuire beaucoup, parce qu'on luy dérobe le fecours
de la pratique des œuvres de miféricorde
qui luy eft trés-néceffaire. Un homme
dans le defert a fes diftractions, & s'il n'a
une ame d'une trempe extraordinaire, il
eft à craindre qu'elles ne foient plus dangereufes que celles du monde. Un efprit
abandonné fans guide à foy-mefme, fait
fouvent d'étranges efcarts. Ce font affeurément deux extrémitez trés dangereufes,
le grand monde & la grande folitude : Il
faut une grace extrordinaire pour bien
réuffir dans l'un & dans l'autre : c'eft pourquoy ceux qui n'ont receu de Dieu que
des dons médiocres, doivent choifir une
vie qui tienne le milieu entre les deux ex-
trémes : Mais au moins eft-il fans contefte
que la folitude eft abfolument néceffaire
dans les heures deftinées à la devotion ; ce
qui ne doit pas eftre pris de maniére à faire préjudice aux faintes affemblées, ni aux

devotions publiques. Elles ont leur usage
pour la devotion, & sous prétexte de prier
en son cabinet, on ne doit en façon du
monde se priver d'un secours si nécessaire
à la pieté. Il est vray que par tout ailleurs
les sens sont ennemis du recueillement,
mais icy & les sens & l'imagination favo-
risent les mouvements de l'ame devote.
La veuë des temples, qui sont des maisons
de Dieu ; la presence des Anges que l'on
sçait assister en ces lieux ; la societé d'une
multitude d'ames qui joignent leurs vœux
comme leurs voix ; la parole de Dieu qui
retentit aux oreilles ; les priéres qui s'u-
nissent , & qui conceuës par plusieurs
cœurs, ne composent qu'un mesme vœu,
toutes ces choses, dis-je, aydent extrémement l'ame à faire ses élévations , & servent beaucoup à bannir les idées mondaines, en leur faisant succeder des idées saintes. Il n'est pas mesme impossible que
dans le milieu de cette foule, on ne con-
serve la solitude. L'ame véritablement devote en ces lieux, est tellément recueillie
en elle-mesme, que tous les objets qui luy
pourroient faire tort ne la trouvent point.
Le fidéle est dans le cabinet de son cœur,
il n'en laisse qu'une porte ouverte pour la
parole de Dieu, & pour les choses capables d'inspirer la pieté ; mais les portes

font fermées aux objets de vanité qui se voyent assez souvent dans les lieux saints. *Il y a*, disoit S. Bernard, *une solitude spirituelle aussi bien qu'une corporelle, & celuy-là est seul au milieu de la foule qui est exempt de vaines & de frivoles pensées :* Mais c'est une terrible profanation de porter dans les temples des dispositions indévotes, d'y avoir le cœur ouvert pour toutes les vanitez, d'y aller pour voir & pour estre veu, d'écouter pour trouver à reprendre, de mordre sur les syllabes & sur les mots. Que ces gens auront un grand conte à rendre! C'estoit assez d'avoir offensé les hommes tous les jours de la semaine, & Dieu mesme, il ne faloit pas venir encore le Dimanche luy faire la guerre jusques chez luy. Je ne m'étendray pas à parler de la maniére dont il faut agir dans ces saintes assemblées, parce que j'ay dessein de donner seulement icy les régles de la devotion du cabinet.

Méditation.

OU trouveray-je une heureuse solitude qui me soit un azyle asseuré contre la persécution des ennemis de mon ame ? Si je sors du monde, je l'emporte avec moy : si j'entre dans mon cabinet, je

suis suivy d'une foule de pensées charnelles qui me persécutent cruellement.
Quand je me sauverois dans les deserts,
que j'habiterois dans les rochers avec la
choüette & le cormoreau, il se trouve-
roit-là des vautours; des soucis cuisants
qui me déchireroient les entrailles. J'y
serois assailly d'une volée d'oiseaux, &
d'une multitude de pensées vaines & lege-
res qui m'enleveroient hors de moy-mesme pour me plonger dans le monde. Que
faut-il faire pour remedier à ce grand mal?
Tu le sçais, ô mon Dieu, & je ne le sçay
pas, enseigne-le moy donc. Il n'y a point
icy bas de port qui me puisse mettre à l'a-
bry de ces tempestes, ni de charmes qui
puisse chasser ces démons & ces fantômes
de mon imagination. Il faudroit me faire
un autre cœur; car ce n'est pas tant la faute du monde que la mienne : Ce n'est pas
qu'il me poursuive, mais cela vient de ce
que je l'ay placé au dedans de moy, & quelque part que j'aille, je l'emporte avec
moy. Si mon cœur estoit net & pur, je
trouverois ma solitude au milieu des villes, & dans les plus grandes assemblées.
Mon ame recueillie en elle-mesme seroit
environnée de toutes parts du mépris du
monde comme d'un rempart. L'amour de
Dieu & la pieté se tiendroient sur les ave-

nuës , elles feroient bonne garde, elles
éloigneroient tous les objets qui me vien-
droient interrompre ; ainſi par tout je ſerois en lieu de ſeureté.

Priere.

O Mon Dieu, crée donc en moy un
cœur net, purifié des vaines images
du monde que le péché & le diable ont
gravées dans mon ame ; alors ſous les aîles
de ton bon eſprit & de ton amour, je
trouveray cet azyle contre moy-meſme,
que je cherche par tout, & que je ne trouve nulle part. Il faudroit, ô mon Dieu,
que tu vouluſſe me delivrer de ma corruption ; mais j'ay beau faire ; je ſuis toûjours moy-meſme. O mon Dieu, pourquoy faut-il que ta grace pendant que
nous ſommes en la chair, ne ſoit pas aſſez
puiſſante pour amortir les mouvements
de la chair ? Pourquoy faut-il que j'aye
toûjours des Amalekites & des Moabites à
mes côtez, cependant que je marche &
que je m'avance vers la canaan celeſte, &
vers la Jeruſalem d'enhaut ? Pourquoy
n'avons-nous icy bas que des vaiſſeaux de
ta grace, & pourquoy n'en ſçaurois-je
avoir un fleuve & une mer qui lave mes
entrailles & les purifie de ces miſérables
ſoüil-

foüillures ? Tu le veux, ô mon Dieu, que
mes tentations foient toûjours prés de
moy, & que les Philiftins foient toûjours
fur moy, afin que je veille & ne m'endor-
me pas dans le fein de Dalila. Tu veux
que j'aye toûjours une efcharde en ma
chair, un ange de fatan pour me buffeter,
afin que je ne m'éleve pas outre mefure.
O mon protecteur, donne ordre qu'au
moins tentation ne me faififfe pas, finon
humaine ; donne-moy un heureux fuccez
de toutes mes tentations, & des forces
pour les pouvoir foûtenir. Ta grace me
fuffit, il eft vray, qu'elle ne me défaille
donc point, qu'elle acheve fon œuvre au
milieu de mes infirmitez, qu'elle efcarte
mes penfées diverfes, qu'elle calme les
agitations de mon ame, qu'elle me faffe
trouver un azyle où loin du bruit, des
paffions, & des affections humaines, je te
confacre mes veilles, mes paroles, & mes
penfées, & que je chante éternellement
tes loüanges, & célébre ta grandeur.

CHAPITRE VIII.

*Troisiéme conseil Particulier pour aider
la devotion ; la Méditation
& la Lecture.*

L'Ame vient au monde pour le moins aussi mal informée des affaires de la grace, que de celles de la nature : Elle est à tous égards une table rase, & une ignorante qui a besoin de s'instruire de tout. Elle acquiert aisément les connoissances qui sont nécessaires pour la conduite de la vie ; parce que ces lumiéres luy sont fournies par les sens, & parce que ces objets sont de sa portée ; Mais elle a besoin d'un plus grand effort pour atteindre les connoissances qui regardent la vie spirituelle, parce que ces objets sont disproportionnez à ses forces ; & cependant ces connoissances sont d'une nécessité absolüe pour la pratique des vertus, & particuliérement de la devotion. Cette derniére vertu est composée d'amour & de zéle, mais nous n'aimons qu'à proportion de ce que nous connoissons. Je ne sçay donc de

quelle nature peuvent eftre ces devotions
ignorantes qui font deftituées de toute lumiére, & qui ne fe conduifent que par les
fens. Ce font peut-eftre des foibleffes du
tempérament, plûtoft que des effets de la
grace. Ces devotions font prefque toûjours fuperftitieufes & groffiéres, elles l'attachent ordinairement à des objets fenfi-
bles, au lieu que dans la religion tout eft
célefte & intelligible. Leur vénération fe
termine ordinairement fur un Agnus Dei,
fur une Relique, ou fur une image; & Dieu
le feul objet de nos devotions, chez eux
ne vient prefque jamais fur les rangs. Je
ne demande pas que noftre devot foit fça-
vant, & qu'il ait pénétré ni dans les fecrets
de la nature, ni mefme dans les plus hauts
myftéres de la grace par une recherche
trop exacte & trop curieufe. Je tiens cela
mefme plus defavantageux qu'utile à la
devotion : Mais il faut que l'ame devote
foit affez fpirituelle pour s'élever au deffus des fens par la méditation. La méditation eft une excellente opération de l'ame
par laquelle elle pénétre la fuperficie des
objets, & les va fonder jufques dans le
cœur; c'eft une action réflective qui roule
fon fujet dans le cœur, afin qu'il y faffe de
falutaires impreffions; c'eft une heureufe
veüe par laquelle une ame découvre de

moment à autre des merveilles en ce qu'-
elle manie ; mais ces découvertes ne font
pas des spéculations curieuses qui se puis-
fent communiquer aux autres, ce font des
fentimens & des applications particuliéres que l'ame fe fait, & qui ne font que
pour elle. On ne fçauroit doûter que cela
ne foit d'une abfolue néceffité pour la devotion ; car elle n'embraffe fon fujet qu'à
mefure que la méditation la fait entrer
dedans. La devotion eft un mouvement
de l'ame vigoureux & vif par lequel nous
nous élevons à Dieu comme à noftre fouverain bien ; c'eft pourquoy plus la méditation nous ouvre ce grand fujet, & nous
fait voir le fonds de fa bonté, & plus nôtre devotion devient ardente. Ainfi ce
doit eftre là le principal fujet de nos contemplations. Dieu eft bon ou en luy-mefme, ou à noftre égard. En luy-mefme,
parce qu'il eft grand, puiffant, majeftueux,
debonnaire, clement, miféricordieux ;
quand nous n'aurions pas de part aux
fruits de ces vertus divines, Dieu pourtant
ne laiffero it pas d'eftre tel, & par conféquent infiniment aimable. On ne fçauroit
penfer trop fouvent à ces vertus de Dieu,
c'eft un des moyens les plus efficaces dont
David fe fert pour réveiller fa devotion
endormie. *Réveille-toy ma langue,* dit-il, &
là-

là-deffus il chante la puiffance de Dieu en
fes ouvrages, fa majefté qui brille dans les
cieux, fa juftice dans fes actions, fa fageffe
dans la conduite du monde, fa clémence
envers les hommes : Mais parce que l'intéreft eft fi puiffant chez nous , il faut joindre à cette confidération celle des bienfaits de Dieu ; il faut defcendre dans les
abyfmes de fon amour, & le confidérer en
Jefus Chrift réconciliant le monde à foy;
il faut effayer de pénétrer s'il eft poffible
les profondeurs de fa miféricorde qui ef-
clatent en tous lieux & dans toutes les parties de la difpenfation de noftre falut. Sur
tout, on ne fçauroit affez s'arrêter fur la
paffion du Seigneur Jefus, où l'on verra
mille objets capables d'attendrir une ame,
& où l'amour de Dieu paroift en fon jour
plus qu'en aucune autre endroit. Des con-
fidérations générales il eft bon de venir
aux applications particuliéres : Il faut concevoir combien nous fommes redevables
à Dieu de nous avoir dégagez de tant de
miféres pour nous donner de fi glorieufes
efpérances : Enfin, pour le dire en un mot,
l'objet de noftre méditation eft auffi vafte
que Dieu, la nature & la grace tout en-
femble ; car il n'y a pas de fleurs au monde fur lefquelles nous ne puiffions recueil-
lir du miel. Il ne faut donc pas craindre

H h

que nous puissions épuiser un sujet de si
grande étenduë : D'où vient donc que souvent nos méditations sont arides , & nos
recueillements si stériles ? Cela ne vient
pas de la semence, mais du mauvais fonds.
D'où vient, * *disoit un Ancien, que nostre*
esprit se trouve destitué de bonnes pensées,
comme s'il n'y avoit plus rien d'agreable à
Dieu dont nous pußions nous entretenir ? Cela
ne vient, dit-il, que de la nonchalance de l'es-
prit, car le sujet est inépuisable, & si l'œil ne
sçauroit atteindre la fin des merveilles qui se
voyent, combien moins l'esprit de celles qui se
conçoivent ? Si les yeux cessent de voir la lu-
miere quand il est jour, ce n'est pas qu'elle soit
éteinte, cela vient de la dißipation de la veuë.
Si tu perces & si tu ouvres un champ de
toutes parts avec le soc & la charuë, il te
rendra une moisson abondante, autrement
il demeurera stérile. De mesme, si tu ouvres ce grand sujet par de profondes & de
frequentes méditations, il en sortira des
sources de consolations & d'instructions.
Au reste, ne faites pas de difficulté de passer & repasser souvent sur un mesme sujet
afin de vous le rendre familier. Nous sommes dépendants du corps durant le temps
que nous sommes en luy, & les idées les
plus spirituelles se forment en nous par

Regles abregées.

des mouvemens corporels, Il est donc trés
utile de passer & repasser souvent en nôtre cerveau les pensées des choses célestes,
afin de donner aux esprits animaux une
pente de ce côté-là : Et de là viendra dans
la suite qu'ils s'y porteront naturellement ; de sorte que sans dessein , nous
penserons à de bonnes choses. Je diray
encore un mot pour la consolation de ces
esprits qui ne sont pas capable ni de péné-
tration, ni d'une forte application : C'est
qu'ils ne se doivent pas attrister s'ils ne se
trouvent pas assez forts pour pousser des
raisonnemens bien loin, & si les concep-
tions leur manquent, pourveu que cela
ne vienne pas de froideur. Des méditations courtes, mais fréquentes, par lesquelles un fidéle du vulgaire fera souvent
des applications d'esprit sur l'autheur de
son salut, & sur ses bienfaits, peuvent tenir lieu de longues réfléxions quand on
n'en est pas capable. Au secours de la méditation, il faut sans doute appeler la lecture des bons livres ; car il ne faut pas s'i-
maginer pouvoir tirer tout de son fonds;
& entre ces livres, l'Escriture Sainte l'emporte autant que Dieu l'emporte sur les
hommes, & le Soleil sur les estoilles de la
sixiéme grandeur. C'est cette parole qui
est efficace & pénétrante plus qu'aucune

épée à deux trenchants : c'est ce feu qui
peut efchauffer nos entrailles, & nous faire dire, *noftre cœur ne bruftoit-il pas ?* Un feul
paffage de S. Paul, *ne vivez point en gour-*
mandifes, en couches, ni en infolentes, mais
foyez reveftus du feigneur Iefus : acheve la
converfion de S. Auguftin. A chaque page
de cette Efcriture, nous trouverons les
bienfaits de Dieu, & fes excellentes promeffes fi propres à réveiller la devotion.
Nous y trouverons auffi beaucoup de mo-
deles, de faintes méditations propres à
élever le cœur & à nous guider dans les
noftres : Sur tout, le livre des Pfeaumes eft
un trefor ineftimable pour les ames devotes, & quand l'on pourroit enchérir fur ce
que les anciens en ont dit, on ne pourroit
pourtant pas encore en dire affez. Il feroit
à fouhaiter que ce threfor puft eftre tout
entier en noftre memoire, afin qu'à tous
momens nous les puffions redire à noftre
cœur. Il faudroit, s'il eftoit poffible, habi-
tuer noftre cœur à ne concevoir fes penfées, & à ne former fes méditations, que
dans les termes du S. Efprit, en ces Pfeaumes.

A la lecture de l'Efcriture fainte, il eft
trés-utile de joindre celle des autres bons
livres ; Et je donneray là-deffus un confeil
dont certaines gens fe font bien trouvez ;

c'eft de choifir des lectures & des chapitres
de devotion qui vous ont une fois échauf-
fez, & de retourner fouvent à ces mefmes lectures, afin que voftre cœur prene
habitude de fe réveiller à cette veuë. C'eft
le tour ordinaire de tous les efprits de
joindre certains mouvemens avec certaines idées ; tellement que tout auffi-toft
que les idées fe prefentent à l'efprit, les
mouvemens naiffent dans le cœur. Par
exemple, fi un homme a couru dans un
bois un péril extréme, jamais l'idée d'une
foreft ne fe prefentera à fon imagination,
que fon cœur ne foit agité de frayeur : ainfi noftre cœur s'eftant une fois efmeu à la
lecture de quelques difcours pieux qui
l'auront vivement touché, ne manquera
jamais de fe réveiller à la prefence de ces
mefmes penfées, pourveu que nous les li-
fions avec une intention devote ; & avec
deffein d'en eftre efmeus. Je compare cela
à ce qui arrive aux chiens qui abboyent ;
ils s'appaifent ou s'élevent fi-toft qu'ils
entendent les voix qui leur font familié-
res : ainfi le cœur s'eftant rendu familieres
des penfées de pieté qui l'auront efmeu
plufieurs fois, fentira toûjours en leur prefence à peu prés les mefmes mouvements ;
car il n'en eft pas des lectures faintes comme de celles du monde ; celles-cy plaifent

la premiere fois, la seconde fois le plaisir
n'en est plus, mais à la troisiéme elles deviennent insupportables. La mesme chose
pourroit bien arriver si vous lisez un livre
de devotion par divertissement pour y voir
la netteté de la phrase, & la beauté des
pensées; comme cela est pour l'esprit, &
non pour le cœur, cela ne vous plaira pas
une seconde fois. Cette pensée nous découvre un mystére assez caché; pourquoy
ce qui touche les uns ne touche pas les
autres. Cela vient de ce que tous ne viennent pas à une mesme lecture avec les
mesmes dispositions ni les mesmes inten-
tions. Un Prédicateur qui veut parler une
heure sur un sujet de pieré, lira des livres
qui l'en instruiront; mais s'il n'a l'ame naturellement trés devote, cela ne le touchera pas, parce qu'il n'y vient pas avec
intention d'estre touché, il cherche seulement de la matiére pour remplir son heure. Nostre cœur fait à peu-prés ce que nous
voulons; tellement que les lectures pieuses, afin d'estre un secours à la devotion,
se doivent faire avec une intention trés
devote, sans laquelle condition il sera
difficile de réüssir.

Mais autant que la lecture des bons livres ayde la devotion, autant est-elle rüi-
née par la lecture des mauvais. C'est une

grande honte pour le Christianisme qu'il
se fasse plus aujourd'huy plus de ces mauvais livres que jamais il n'y en a eu dans le
paganisme le plus corrompu. Nôtre siécle,
& en particulier le Royaume, peuvent
estre justement notez d'infamie pour cet
essain de Romans que la mollesse des
cœurs, la corruption des esprits, & les ru-
ses du diable ont mis au monde. Il faut
que nous soyons grands amateurs du men-
songe, puisque cinquante ans ont produit plus de fables que six mille ans ne
sçauroient produire d'histoires; & il faut
que l'Eglise soit bien corrompuë de souffrir, & quasi d'authoriser des productions
si honteuses, pleines d'imaginations impu-
res. Toute ame devote aura en horreur ces
lectures; car il est certain que rien ne desconcerte davantage le cœur. Je veux
qu'on se sauve de la derniére corruption,
& qu'on ne vienne pas à faire de vrais dé-
réglemens de ces faux exemples, il est seur
tout au moins qu'un esprit revient de ces
lectures chargé d'images qui contristent
& qui chassent l'esprit de Dieu, & qui sont
absolument incompatibles avec l'esprit de
devotion.

Méditation.

MOn ame si tu es ignorante dans les choses qui regardent ton salut, c'est entierement ta faute; ton Dieu ouvre deux grands livres devant tes yeux, où tu peux t'instruire des merveilles du ciel & de ton salut. J'ay souvent jetté les yeux sur la nature, sur le ciel, sur la terre, sur les montagnes, sur les riviéres, sur les campagnes, sur les forests; je les ay mesme souvent élevez jusques aux astres & aux étoilles : mais j'avouë, à ma confusion, que ces contemplations estoient oysives, faites avec négligence, sans application, & sans réflexion. Fay donc, ô mon ame, à l'avenir, ce que tu n'as pas encore bien fait jusques icy ; regarde les cieux, & en admire la grandeur & la vaste étenduë ; reconnois la grandeur de l'ouvrier, celle de sa force, de sa sagésse & de sa puissance; voy comme il a pris à tâche de se peindre en tous lieux, & de laisser ses traces par tout où il a passé : regarde le Soleil qui verse tant de feux, & que les hommes appellent le flambeau du monde ; c'est l'image de ton Dieu qui est la lumiere mesme ; *source de vie en luy gît, & par sa clarté nous voyons clair.* Cette multitude innombrable de feux qui brillent dans le firmament

ment, font les emblêmes de ces ames glorieufes qui brillent dans le ciel des bien-
heureux, comme des eftoilles au royaume
de leur pere. La rapidité de ces vaftes &
prodigieufes machines qui roulent au deffus de ma tefte, te doit faire penfer, ô mon
ame, à ce robufte bras qui leur donne le
branle & leur imprime ces mouvemens.
L'égalité & la juftefle de ces mouvemens
auffi réglez que rapides, te prefche la fageffe & la régularité des actions de ton
Dieu, qui ne fait rien que de jufte & de
raifonnable. La magnificence de ces cieux
vifibles peut fans effort conduire ta méditation jufques à la penfée d'une autre vie,
& te faire concevoir la gloire que Dieu te
prépare dans le paradis. Ces cieux vifibles
fi magnifiques & fi beaux, ne font que le
veftibule du palais où Dieu te prépare une
demeure. O mon ame, combien doit eftre
fuperbe & magnifique, la maifon de laquelle les avenuës & les entrées font fi
pompeufes & fi riches! Si des cieux tu viens
à defcendre dans les airs qui font le fiege
des orages & des tempeftes, des pluyes &
des rofées; dans les dernieres, tu verras les
emblêmes de la grace de Dieu; & dans les
premieres, les meffageres de fa vengeance, & les inftrumens de fa colere. Les premieres te conduiront à la méditation de fa

I i

justice , & les secondes à la confidération
de sa miséricorde. Si tu descends jusques
sur la terre , tu y découvriras de prés tout à
l'entour de toy une multitude incroyable
de différens objets qui t'instruiront diver-
sement ; les uns , te parleront de Dieu, de
sa sagesse & de sa puissance, aussi-bien que
les cieux; les autres, te parleront de ta foiblesse , de ta vanité , de la mort , de la nécessité de mourir, de l'inconstance des choses humaines , & te donneront cent autres
leçons. Mais tout cela n'est rien au prix de
la connoissance qui te reviendra de la lecture de cet autre livre que Dieu a dicté à
ses Prophetes & à ses Apostres. Là-dedans,
ô mon ame , tu peux voir les abîmes de la
Sagesse divine, l'infinité de son amour , &
les profondeurs de sa miséricorde. Sans
nous engager fort avant dans ces abîmes,
quel fruit ne peut-on point retirer de la
mort de mon Sauveur & de la contemplation de sa croix ? Tu y apprendras , mon
ame, comment il faut aimer, car c'est l'é-
cole de l'amour : tu verras ton divin Sauveur rongé par le zéle de la maison de
Dieu, brûlé des flâmes de la charité. Il a
tant aimé le monde , qu'il s'est donné luy-
mesme pour le monde à la mort , mais à la
mort cruelle , honteuse & douloureuse de
la croix : Il s'est mesme exposé à tous les

traits de la colére de Dieu ; il en a succé
tout le venin, & a soûtenu le poids de son
indignation ; & pour qui ? pour ses ennemis : C'est ainsi, mon ame, qu'il faut aimer ; ce n'est là qu'un petit échantillon
des choses qui se peuvent apprendre en ce
livre divin.

Priere.

MAis, ô mon Dieu, je lis sans fruit, je
médite sans succez. O mon Soleil,
répands tes lumieres en mon cœur ; ouvre
mes yeux, afin que je contemple les merveilles de ta loy ; fay que ta parole soit en
moy une épée à deux tranchants, qui pénétre jusques à la division de mon ame, jusqu'à mes jointures & mes moëlles ; ta parole est la vérité mesme, sanctifie-moy par
ta vérité ; que mon cœur brûle au dedans
de moy, quand tu parles & que tu m'a-
nonces tes écritures ; que je reçoive cette parole avec une ame altérée, & qu'elle
soit faite en moy une vive source d'eaux
qui rejalisse en vie éternelle, & qui me
conduise par les ruisseaux de ta grace jusques à l'ocean de la gloire.

CHAPITRE IX.

Quatriéme conseil pour ayder la Dévotion. De la priere.

JE n'ay pas deſſein de faire icy l'éloge de
la priere , ni d'étaler tous ſes uſages;
les anciens & les modernes l'ont tres-am-
plement fait ; je diray ſeulement, que c'eſt
un des moyens les plus ſeurs de purifier
l'ame , parce qu'il n'y a pas d'action par
laquelle nous approchions davantage de
Dieu ; il n'y a point auſſi de temps auquel
il ſe communique davantage à nous ; il a
tres-ſouvent obſervé de donner ſes inſpira-
tions extraordinaires au milieu de la priere; S. Pierre tombe en extaſe ; Paul eſt ravy
au troiſiéme ciel ; Corneille dans ſes prieres receut la viſion de l'Ange ; Sainte Mo-
nique mere de S. Auguſtin , apres ſes larmes & ſes prieres pour le ſalut de ſon fils,
receut en ſonge par un Ange , qui luy dit,
ne t'afflige pas , ton fils eſt avec toy. Comme
Dieu eſt le Soleil de noſtre ame, quand cet
Aſtre jette ſes rayons à plomb dans nos
cœurs, il faut qu'il les éclaire & les échauffe
neceſſairement.

néceffairement ; il faut qu'il diffipe les vapeurs de la partie inférieure , & qu'il y
peigne fon image : or cette communica-
tion de rayons ne fe fait jamais davantage
que dans l'oraifon.

Je ne veux point m'étendre non plus à
examiner les conditions avec lefquelles
les prieres doivent eftre faites pour eftre
devotes : on fçait affez qu'elles doivent
eftre attentives , perféverantes & ardentes ; je donneray feulement icy deux avis,
l'un pour éviter la laffitude , & l'autre pour
éviter la diftraction. Premierement je dis,
que peu d'ames font capables de longues
prieres : car pour rendre une oraifon tout
à fait devote, il y faut une contention d'efprit extrême, une élevation extraordinaire, & un détachement entier du monde:
or ces actions font une efpece de violence
à l'ame , qui tend naturellement à fe relâ-
cher ; c'eft pourquoy elles ne fçauroient
eftre de durée. Si on ne donne du relâche
au cœur , il en prend , & malgré nous il
s'égare : je voudrois donc que les exercices
de devotion fuffent longs , mais partagez
en petits efpaces , qu'ils ayent beaucoup
de parties,& que chacune d'elles foit courte. La devotion eft compofée de trois principaux exercices ; la méditation , la lecture , & la priere ; je ne voudrois pas que

K k

chacun de ces exercices se fissent tout d'u-
ne suite, mais qu'ils fussent mêlez : il faut
donner quelque chose à la foiblesse de l'a-
me, & la garantir du dégoust par la diversité. Un peu de lecture sera le premier
échelon de son élevation ; un peu de méditation sur cette lecture, l'élévera d'un degré plus haut ; & apres cela une courte
priere sur la lecture & sur la méditation, la
conduira au suprême degré de détachement ; apres quoy, elle reviendra tout de
nouveau à la lecture & à la méditation
dans le mesme ordre. Dans la priere, elle
volera dans les airs par la force de ses propres aîles ; & revenant à la lecture, elle
fera comme ces oyseaux, qui las de voler,
viennent se reposer, mais non pas à terre,
& qui choisissent quelque arbre extrémement élevé : nostre ame devote viendra se
délasser ainsi, non en tombant à terre, car
elle n'y mettra pas le pied, & ne permettra
pas à son esprit de retourner au monde ;
mais elle se tiendra élevée sur les appuys
des saints Propheres & Apostres ; Ur &
Aaron la soûtiendront guindée vers les
cieux ; & de là reprenant son vol, elle s'é-
levera peu à peu sur les aîles de la méditation, jusques à ce qu'elle retourne par la
priere, où elle estoit premiérement montée : cette méthode, sans doute, luy don-

nera le temps de reprendre ses forces : On
ne dure pas quand on pousse sa course jusques au bout de sa vigueur ; mais en pre-
nant haleine, & marchant au pas de temps
en temps, on peut fort avancer en un
jour.

L'autre avis que je veux donner, regarde
ceux qui ne s'estant pas occupez aux opé-
rations de l'esprit, sont moins propres
pour les grandes élevations : Ces personnes font ordinairement leurs devotions
en prieres prononcées par cœur ; maniere
de laquelle les distractions font presque
inséparables : Je leur conseillerois donc,
de faire un effort pour se détacher des
mots, & se tenir seulement aux sens ; je
ne demande pas que dans leurs prieres de
familles, ils se dispensent de leur formu-
laire ; je sçay bien que tout le monde n'a
pas le don de former des pensées & de les
mettre dans un ordre qui puisse édifier le
public ; mais pour les devotions du cabinet, il faut qu'elles se fassent du cœur plûtost que de la langue. Quand l'imagination
ne fait aucun effort pour la production de
ses pensées, & pour le choix de ses paroles, en suivant un chemin qu'elle ne craint
pas de perdre, elle ne manque jamais de
s'aller promener ailleurs, comme n'ayant
rien à faire au lieu où on la veut retenir :

Mais quand elle fait attention aux manieres qui font néceſſaires pour exprimer les
choſes que le cœur a conceuës ; le cœur
& l'imagination uniſſant leurs forces, font
une attention compléte. Je ne ſçaurois
ſouffrir qu'on me diſe que tout le monde
n'eſt pas capable de compoſer : tous ne
ſont pas capables de compoſer pour les
hommes, mais tous ſont capables de compoſer pour Dieu : Quelques efforts que
nous faſſions pour bien dire , nous bé-
guayons toûjours devant Dieu ; & du plus
éloquent à celuy qui l'eſt le moins, il ne
peut y avoir d'autre différence à l'égard de
Dieu , que comme d'un enfant à l'autre.
Dieu entend toutes les langues & tout le
ſtyle ; il ne demande , ni ordre , ni élegan-
ce ; les penſées les plus confuſes qui fortent en foule du cœur , luy ſont ſouvent
les plus agréables ; il entend les ſoûpirs des
muets ; il ſçait ce que nous voulons, bien
que nous ne puiſſions pas le dire , ni méſ-
me ſouvent le concevoir. Car l'Eſprit de
Dieu , dit S. Paul, *fait requeſte pour nous par*
des ſoûpirs qui ne ſe peuvent exprimer. Apres
tout , il n'y a pas de gens qui ne ſçachent
bien ce qui leur manque ; & par conſé-
quent , il n'y en a pas qui ne puiſſe prier:
car la priere n'eſt rien qu'un tiſſu de de-
mandes des choſes dont nous avons be-

foin , pour la vie prefente , pour le falut
de l'ame , & pour la vie à venir. Les paffions font éloquentes , & l'imagination
s'échauffe par fympathie avec le cœur : de
là vient, que ces perfonnes qui s'excufent
icy fur la petiteffe de leur lumiere , quand
elles font en colere , ne manquent jamais
de termes : Certes, fi leur cœur s'échauffoit
par le feu de la dévotion, l'imagination s'en
reffentiroit,& ils ne fe plaindroient jamais
de manquer de penfées ou d'expreffions.

Méditation.

MOn ame , tu n'as jamais bien compris combien ton Dieu te fait d'honneur , en permettant que tu te jettes à fes
pieds ; tu n'es pas fenfible à cette grace ; tu
crois mefme que Dieu t'en doit de refte, de
ce que tu veux bien t'humilier devant luy ;
tu ne te fouviens pas que les audiences
font fi chéres & fi rares auprès des Roys de
la terre , qui ne font pourtant en la prefence de Dieu qu'un néant & qu'un ombre. Le Roy des Roys veut bien te prefter
l'oreille, t'exaucer, te fecourir, fon trône
eft acceffible à tous momens ; il ne faut
pour en approcher , ni credit , ni faveur,
ni amis , ni follicitations pénibles , ni at-
tentes ennuyeufes. Cependant , quel eft ce

trône ; & combien eſt grande ſa magnificence & ſa gloire ? Dieu eſt aſſis, environné d'une lumiere dont l'éclat éblouït les
yeux des Seraphins ; à l'entour, ſont des
millions d'Anges & d'Archanges qui ſe
proſternent ; à la droite, ſont des fleuves
de laict & de miel, deſquels il abbreuve ſes
enfans ; à la gauche, ſont des torrens de
feu qui devorent ſes ennemis : d'un coſté,
ſont l'enfer & la mort, & les miniſtres ef-
froyables de la vengeance divine : & de
l'autre, ſont le ciel & le paradis avec leurs
glorieuſes récompenſes. Tu ne vois pas
cela, mon ame ; c'eſt pourquoy tu en és
moins touchée ; mais tu le dois croire, le
voile de la chair t'en dérobe la veuë : Re-
preſente-toy donc la magnificence de ce
trône, tremble, admire, & lors remplie
de reconnoiſſance, de ce qu'eſtant ſouïl-
lée par le commerce avec un miſérable
corps, demeurant dans une maiſon d'ar-
gille, & ayant ton ſiége ſur la pouſſiere,
comme tu as, tu peux cependant à tous
momens avec liberté, te preſenter devant
celuy qui eſt aſſis ſur les Chérubins, qui
vole guindé ſur les aîles des vents, qui fait
des vents ſes Anges, & de la flâme de feu ſes
Miniſtres. Tu as la permiſſion de prier,
mais tu ne ſçais pas, mon ame, comment
il faut prier ; cela vient de ce que tu ne

ſçais pas aimer. Un amy ne manque jamais de choſes à dire à ſon intime amy :
quand on a une parfaite ouverture de cœur
avec quelqu'un , & qu'on eſt receu à répandre ſon ame en ſon ſein , on ne demeure jamais court. Ah , mon ame , ſi tu aimois
ton Dieu parfaitement, tu ne ſerois jamais
laſſe de l'entretenir ; jamais ton imagination ne ſeroit glacée ; jamais ta langue ne
demeureroit muette , & jamais tu ne man-
querois de paroles; ton cœur ſe répandroit
comme un torrent , & tes prieres roule-
roient comme la flâme : mais tu languis
dans tes prieres, parce que tu ne parles pas
à ton Dieu comme à ton intime amy ; la
ſécchereſſe de ton cœur vient de la froideur
de ta charité.

Prière.

O S. Eſprit , qui eſt l'amour meſme de
la tres-adorable Trinité ; Eſprit de
prieres, fais requeſte pour moy par des ſoûpirs muets , entrecoupez , & qui ne ſe
puiſſent exprimer ; enſeigne-moy comme
il faut prier ; je ſçay à peu prés quelle doit
eſtre la matiere de mes oraiſons , mais je
ne ſçay pas luy donner la forme ; je ſens en
moy un chaos de penſées & de mouvemens confus que je ne ſçaurois démêler : la

lumiere se trouve côfuse avec des ténébres;
les pensées mondaines avec les célestes.
Esprit divin, qui au commencement du
monde as tiré dans un semblable chaos, la
lumiere des ténébres, & l'ordre de la confusion ; agite-toy encore aujourd'huy sur
le chaos de mes pensées, & en fais éclore
des prieres bien conceuës, bien formées &
bien digerées : Tu fais parler les muets, &
tu donnes de l'éloquence à ceux qui bé-
gayent ; touche ma langue d'un charbon
pris de dessus ton autel, afin que mes lévres soient purifiées ; que ma bouche soit
ouverte, & que j'anonce tes loüanges :
Eschauffe mon cœur, & le remplis de sentimens pieux & devots, afin que de l'abondance de mon cœur ma bouche parle. Et
toy, Seigneur Jesus, Médiateur de la nouvelle alliance, nostre grand Sacrificateur,
prens mes prieres comme un encens, &
les porte en la presence de cet adorable
trône, sur lequel est assis ton Pere : fais-les
fumer devant luy ; fais-luy flairer un odeur
d'appaisement par ces sacrifices & ces bou-
veaux de mes lévres ; & parce que les offrandes sont imparfaites, couvre-les de ta
parfaite justice, obtiens par ton intercef-
fion ce que mes prieres seules n'obtien-
droient jamais.

CHAP.

CHAPITRE X.

Cinquiéme conseil particulier pour ayder la Devotion, le jeûne & la mortification.

ON ne sçauroit nier que le jeûne & la mortification ne soient tres-nécessaires pour ayder la devotion, si on ne veut nier l'Ecriture, & les maximes des Peres de l'Eglise. L'Ecriture ne sépare presque jamais la priere du jeûne ; à l'une & l'autre jointes ensemble, elle donne la force de chasser les plus dangereux démons. *Cette espéce de diable ne se chasse que par jeûne, & par oraison.* La chair est un cheval fougueux, que nous ne sçaurions conduire qu'en luy serrant la bride : C'est un lion que nous ne devons pas nourrir jusqu'à l'engraisser, si nous ne voulons augmenter sa cruauté, & nous jetter dans le peril d'en estre devorez. Le corps, si l'on y prend garde, est cette mesme chair de laquelle l'Evangile se plaint si fort, & en tant de lieux ; dont il est dit qu'elle est ennemie de Dieu, & que ses fruits sont les débauches, les insolences,

L l

les meurtres, les adultéres, les noifes, les querelles, les envies, l'ambition, & l'avarice. Ainfi pour empefcher la production de ces fruits, il eft bon de tenir cette plante dans une grande fécherefle : car fi nous arrofons de voluptez charnelles cette racine d'amertume, elle pouffeta les germes en haut ; & nous détournera du chemin de noftre falut. Comme les plantes qui emportent le deffus, & furmontant leurs voifines les laiffent en mauvais eftat, en attirant à elles toute la graiffe de la terre ; ainfi la chair ne s'engraiffe qu'aux dépens de l'ame qu'elle laiffe dans une grande fécheref-fe de confolations, & dans une extrême ftérilité de fruits. Un grand repas eft une mauvaife préparation pour les exercices de la pieté : on ne fçauroit eftre dans la cuifine & dans le cabinet en mefme temps; & cependant que l'ame eft dans fes foyers à digérer & cuire fes viandes, & diftribuer fes alimens, elle ne fçauroit fe tranfporter dans les lieux deftinez à la contemplation & à la méditation. Il s'éleve d'embas des nuages épais, des vapeurs craffes, qui rendent le cœur inhabile à toute opération élevée. * *L'abondance de mets delicieux, difoit un ancien, envoye des exhalaifons fuliginieu-fes, comme une nuë qui interrompt l'illumina-tion, laquelle fe fait en l'entendement par le*

* *S. Bafile in Efaiam ch. 1.*

S. *Esprit.* C'eſt pourquoy Moyſe, afin de contempler Dieu ſans nuage, demeura quarante jours en la montagne ſans manger ni boire, à deſſein que la partie ſupérieure de ſon ame demeurât dégagée du trouble & de l'obſcurciſſement de la partie inférieure. L'aiſe & l'abondance de pain, font les péchez de Sodome ; & les impuretez de la vie, font des ſuites des excez de la bouche : Apres l'uſage de beaucoup de viandes delicates, il s'allume un feu dans le ſang, qui donne de la diſpoſition à toutes les actions charnelles, & un penchant à une joye mondaine qui eſt toûjours immodérée. *Le peuple s'eſt aſſis pour manger & pour boire, il s'eſt levé pour joüer.* Il eſt donc d'une néceſſité abſoluë d'obſerver les régles de la ſobriété, & de nourrir le corps ſeulement pour le faire vivre : il faut luy donner le néceſſaire, & luy refuſer le ſuperflu, afin qu'il ne ſoit jamais en eſtat de ſe rebeller contre nous : il faut meſme ſouvent luy retrancher de ce néceſſaire, afin de le mâter davantage ; car une chair briſée contribuë beaucoup à la contrition du cœur ; & moins une ame a de liaiſon avec ſon corps, & plus aiſément cette ame s'éléve juſques à Dieu. Dans le jeûne, les devotions ne ſont pas interrompuës de ſommeil ; elles ne ſont point ſoüillées par des mouvemens involontaires ;

elles ne font pas gâtées par des penfées deshonnêtes. Cependant fur la pratique du jeûne, il y a divers avis à donner. Premierement, on ne le doit pas tenir comme une partie de la devotion, & comme un culte par lequel Dieu foit fervy ; *Car le royaume de Dieu n'eft ni viande ni breuvage* : c'eft une ayde feulemét à la devotion. Cette premiere confidération nous en fournit une autre : c'eft qu'on ne fe doit fervir du jeûne que dans la devotion mefme ; car jeûner en courant, en voyageant, & en faifant des affaires, n'eft pas un œuvre de grand mérite, ni de grand ufage. La premiere confidération nous en fait naiftre encore une troifiéme : c'eft que le jeûne ne doit eftre employé dans la devotion qu'autant qu'il y peut eftre en fecours ; & par conféquent, on ne fçauroit donner de régles certaines, ni pour fa pratique, ni pour fa durée : Il y a mefme des tempéramens fi foibles, que le jeûne bien loin de leur eftre un fecours à la devotion, y peut nuire ; parce qu'il jette incontinent le corps dans une certaine négligence, qui empefche l'ame de s'élever. Il y en a qui ne fçauroient eftre domptez que par de longues mortifications, & ceux-là ne fe les doivent pas épargner. Il y en a qui fe mâtent plus facilement, & ceux-là fe

doivent

doivent connoître ; mais prendre garde
cependant, que la fragilité de leurs corps
ne serve de prétextes pour se dispenser des
mortifications nécessaires.

Nous ne sçaurions pourtant approuver
les cruautez qu'on exerce contre le corps
en le traitant comme un ennemy déclaré,
sans épargner mesme ni le feu , ni le fer.
Nous ne revestons pas icy l'esprit de con-
troverse ; nous abandonnons chacun à sa
conscience. Nous disons seulement , que
bien que ces excez ne soient pas nouveaux , ils n'en sont pas meilleurs. L'histoire Ecclesiastique nous fournit assez
d'exemples , je l'avoüe , de ces mortifications excessives : Mais j'aime mieux m'en
tenir à la décision de S. Basile , qui ne doit
pas estre suspect en cette cause, car il estoit
grand partisan des jeûnes & des mortifications : Cependant il répéte plusieurs fois
le précepte de la médiocrité , & y insiste
fort au long. Il défend à ces Vierges & à ces
Solitaires de se plaire dans les mortifications excessives, jusques à dire dans le livre
de la Virginité, *que le fardeau d'une chair pe-*
sante & nourrie excessivement , n'apporte pas
plus d'empeschemens aux élevations de l'ame,
que la foiblesse d'un corps malade & atténué
par une longue & excessive mortification. C'est
pourquoy il ordonne expressément, que la

M m

néceffité foit la régle du jeûne & de la tempérance.

Voicy un autre avis néceffaire fur ce fujet ; c'est que le jeûne & la mortification
corporelle n'atteignent pas jufques au
fonds de l'ame , & ne mortifient pas toute
forte de vices. * Un ancien difoit , *que le*
diable ne pouvant s'emparer d'une chair mâtée
par de grandes mortifications , se saisit de l'ame
toute nuë , & par elle & dans elle , commence
& confomme ses defirs charnels. Si l'ame fans
le corps est capable de commettre des crimes corporels malgré la mortification ;
comment fe guériroit-elle par le moyen
de ces maladies qui font entiérement en
elle , comme l'envie , l'orgueil & l'amour
propre ? Auffi voit-on que ces paffions ré-
gnent tres-fouvent avec plus d'empire
dans les ames de ces hommes à fouëts , à
haires , & à cilices. Cette guerre fi cruelle
qui fe fait au corps, qui paroît un renonce-
cement à l'amour propre, n'est peut-estre
en la plufpart qu'un amour propre tres-
delicat qui tend à la gloire par des chemins
extraordinaires , afin d'y arriver plus feu-
rement. De tout cela, je conclus, que la
mortification que S. Paul nous demande,
quand il dit : *Mortifiez vos membres qui font*
fur la terre , & celle que nous avons jugée

* *S. Bafile.*

néceſſaire pour la devotion , va plus loin
que la mortification corporelle. Pour
étouffer cet amour propre, cet orgueil, ces
jalouſies, ces haines, ces envies, & meſme
l'ambition & l'avarice , il faut une autre
eſpéce de jeûne , c'eſt une abſtinence de
toutes les actions qui pourroient nourrir
ces vices. Ainſi je conclus ce chapitre & ce
traité par ces belles paroles d'un Ancien.
* Donne-toy bien de garde de définir l'excellence
du jeûne par la ſeule abſtinence des viandes , car
le vray jeûne conſiſte à s'abſtenir du mal. Tu ne
manges point de chair , mais tu déchires ton
frere; tu t'abſtiens de vin, mais tu ne t'abſtiens
pas de faire outrage ; tu attends le ſoir pour
manger, & tu conſumes le jour en procez. Mal-
heur à ceux qui ſont yvres , & non pas de vin.
La colére eſt l'enyvrement de l'ame qui la jette
hors des limites de la raiſon , auſſi-bien que le
vin.

Méditation.

C'Eſt une dangereuſe yvreſſe, je l'avoüe,
que celle du vin, & un vice tres-ſale
que la gourmandiſe : Ces péchez ſont
grands ennemis de la devotion; c'eſt pourquoy le jeûne , l'abſtinence & la ſobriété
ſont bien néceſſaires pour ſecourir &
nourrir la piété. Mais, ô mon ame, prens

* S. Baſile orat. de jejunio.

Mm ij

garde à toy, ces vices regardent principalement le corps. Il y a une autre yvreſſe & une autre gourmandiſe, qui s'exercent immédiatement par l'ame, & qui ſont peut-eſtre encore plus dangereuſes; cette yvreſſe, c'eſt l'orgueil ; cette gourmandiſe, c'eſt l'avarice & l'ambition. Que je voy d'ames dans le monde enyvrées de vanité & d'une haute opinion d'elles-meſmes : Elles ſont ſi enflées d'orgueil que toute la terre ne les ſçauroit contenir , tant elles s'étendent loin & s'élevent haut : Cette yvreſſe leur fait faire mille fauſſes démarches, & mille bronchades ; leurs routes ſont toûjours obliques & tortuës comme celles des yvrognes ; elles ont une grande opinion de leur ſageſſe, de leur prudence, & de leur force ; tout cela leur manque ſouvent ; ils chancellent, & enfin ils tombent ; car l'orgueil va devant la ruine. Examine-toy bien, mon ame, voy ſi tu n'as point d'atteinte de ce mal , & ſi tu n'es pas enyvrée de la penſée de ta propre juſtice, & de ton propre mérite. Helas ſi tu le nies tu te connois mal ! C'eſt un grand orgueil que de croire n'avoir point d'orgueil ; car c'eſt croire valoir autant qu'on s'eſtime ; mais il n'y a point d'homme qui ne s'eſtime plus qu'il ne vaut. Tu me diras, peut-eſtre, que tu as mauvaiſe opinion de toy-meſme;

mais sois assurée, mon ame, que tu ne te méprises pas autant que tu es méprisable: si tu te méprises toy-mesme , tu te fais un mérite de ce mépris ; tellement qu'il y a de l'orgueil attaché au mépris que tu fais de toy-mesme: L'autre vice qui est la gourmandise de l'ame n'est pas moins dangereux. Vois-tu, mon ame, les hommes qui dévorent, qui déchirent continuellement la proye, & qui ne disent jamais c'est assez; ces ambitieux & ces avares qui succent la substance du pauvre, qui mangent le peuple de Dieu comme le pain, ou qui tout au moins travaillent avec une avidité inconcevable à s'enrichir & à s'agrandir , qui vont chercher les bouts du monde , & qui ne trouvent point la fin de leurs desirs, qui peuvent monter jusques au plus haut degré de la grandeur , mais qui ne sçauroient remplir l'abîme de leur ambition ? Prens garde, mon ame , & ne te laisse pas aller à ces excez ; car celuy qui est affamé d'argent ne sera jamais rassasié par l'argent : Esteins le feu de ta convoitise ; car si tu luy fournis des alimens , tu le nourriras ; il dévorera tes entrailles , & causera peut-estre un embrasement , qui consumera toy & tes voisins. Il ne faut donc pas que je néglige le jeûne corporel ; mais le principal jeûne c'est l'humilité, qui me garantira de d'yvreſſe de l'orgueil , & le contentement d'eſprit qui me fera mépriſer le ſuperflu,& me rendra content du néceſſaire. C'eſt icy la véritable ſobriété de l'ame; ces deux vertus ſe tiennent par la main. Sois humble, ô mon ame , & tu ſeras contente de ta fortune ; connois le peu que tu vaux , & tu ſeras perſuadée que tu as plus que tu ne mérites.

Priere.

HElas, mon Dieu , fais-moy connoître mon néant. Il eſt certain que je ne ſuis rien , mais je ne ſçaurois pourtant le confeſſer ; ma bouche le dit , mais mon cœur n'en demeure pas d'accord; & je ſens toûjours au dedans de moy le démon de l'orgueil qui me ſollicite & me dit tout bas ; Inſenſé que tu es , pourquoy parles-tu de toy-meſme avec tant de mépris ? ſi tu ne t'eſtimes, qui t'eſtimera ? les hommes ſont-ils obligez d'avoir meilleure opinion de toy , que tu n'en as toy-meſme, puis que tu te dois connoître mieux qu'ils ne te connoiſſent ? Si je m'humilie devant toy, ô mon Dieu, c'eſt parce que je regarde cela comme étant ſans conſéquence, à cauſe de l'énorme diſproportion qu'il y a de toy à moy. Mais avec les hommes , je

garde de grandes mesures , j'essaye à les
tromper, & à leur donner une grande opinion de moy , je veux tenir mon rang, je
me fais valoir, je ne sçaurois souffrir le mépris. O mon Jesus, qui t'es humilié jusques à la mort, inspire-moy ton humilité,
& me desenyvres de mon orgueil ; afin
qu'estant persuadé que je ne mérite rien,
je sois toûjours content de tout ce que tu
me donnes ; que la piété & le contentement d'esprit soient mon grand gain,
pourvû que j'aye la vie & le vestement,
que cela me suffise.

CHAPITRE XI.

Du jugement téméraire qui se fait con-
tre les devots.

J'Ay donné les conseils que j'ay crû nécessaires pour ayder la devotion ; mais
avant que de finir, je croy devoir une consolation aux vrays devots, desquels on fait
un si mauvais jugement dans le monde. On
les met tous au rang des hypocrites ; c'est à
faire à ces faux devots, disent nos profanes,
à observer si exactement les formes , à se

trouver si soigneusement aux exercices de
piété, à prester une si grande attention à un
sermon, à prier & communier avec tant
de marques visibles de devotion:nous n'en
sommes pas moins bons chrestiens pour
avoir moins d'affection ; nous avons le solide, & les autres ont le paroissant. Il faut
avoüer que l'hypocrisie fait grand tort à la
devotion. Je ne nie pas qu'il n'y ait de faux
devots ; il n'y a guére de voile dont les
mauvaises consciences se couvrent plus
ordinairement que celuy de la piété ; mais
parce qu'il y a des hypocrites & de faux devots, est-il nécessaire qu'il n'y en ait point
d'autres ? Parce qu'on trouve de faux bril-
lants, ne trouvera-t'on point d'éclat solide, & de lumiere subsistante ? Il y en a
quelques-uns, qui croyent avoir trouvé
un bon remede à ce mal ; ils affectent une
indévotion apparente ; car ayant dans le
fonds quelque zéle, ils s'imaginent qu'il
est nécessaire d'affecter en public un style
& un air d'indifférence pour éviter l'accu-
sation d'hypocrisie : Mais c'est éviter un
mal par un plus grand mal ; & réduits à la
nécessité, ou de commettre un crime, ou
d'en estre l'occasion. Il faut se résoudre au
dernier : Nous sommes appellez à faire
luire la lumiere de nos bonnes œuvres
devant les hommes, & à édifier nos prochains

chaíns par nos bons exemples. Malheur
donc à ceux qui mettent la chandelle sous
le boisseau : Mais à dire le vray , je croy
que ceux qui prennent à tâche de nous cacher ainsi leur devotion , ne nous cachent
pas grande chose , ils en ont bien peu au
dedans. La piété est un feu qui jette des
flâmes par toutes les ouvertures malgré
qu'on en ait. Si le cœur est plein de zéle
& de piété , il paroîtra sur la langue , dans
les mains , & mesme dans les yeux. Il est
vray qu'il ne faut pas d'affectation, Dieu a
de l'horreur pour ces piétez de parade , qui
s'étalent aux coins des ruës , & qui se con-
somment en élévations de mains, en roule-
mens d'yeux , & en visages blesmes ; les
piétez les plus secretes sont toûjours les
meilleures. Mais qu'il est aisé de distinguer la sincérité de l'affectation : pour peu
que nos profanes s'y connussent , ils ne
confondroient pas une piété modeste , &
une devotion sage , qui ne brille qu'à travers le voile d'une humilité profonde, avec
la devotion composée de grimaces. La vie
& les mœurs sont des pierres de touche,
pour connoître la sincérité de la devotion.
Si le devot est un avare , un ambitieux , un
homme qui s'enrichisse aux dépens du pauvre, un emporté, & un vindicatif, je con-
sens qu'on le mette au rang des faux dé-

N n

vots. Mais si la vie est irrépréhensible à
tous égards , c'est un crime punissable de
toutes les flâmes d'enfer de juger que la
dévotion est feinte ; c'est une espéce de péché contre le S. Esprit , semblable à celuy
que commettoient les Pharisiens contre le
Seigneur , en l'accusant de faire par le secours du diable , ce qu'il faisoit par le
Doigt & par l'Esprit de Dieu: Ces profanes
font la mesme chose ; ils attribuent à l'esprit malin de l'hypocrisie , les œuvres de
l'Esprit de Dieu. Mais , dit-on , si ces-de-
vots paroissent réguliers dans leur vie, c'est
qu'ils ont l'adresse d'en cacher les impuretez, le soin de leur réputation les engage à
des précautions poursuivies, qui dérobent
au public la connoissance de leurs crimes.
Mais n'est-ce pas violer toute sorte de
droits ; attenter mesme sur ceux de Dieu,
d'entreprendre de percer jusques dans le
cœur ? N'est-ce pas violer les azyles du secret, que de juger ainsi hardiment de ce
qui ne paroît en façon du monde ? N'est-ce
pas mesme aller contre toutes les régles du
bon sens , de juger qu'un homme est mé-
chant, parce qu'il semble estre bon ? Pour
conclure, je dis, que si nous avons à nous
déclarer pour l'hypocrite, ou pour le pro-
fane libertin , il faudroit bannir celuy-cy,
plûtost que celuy-là. Du moins , l'hypo-

crite a la moitié du chrestien , quoy qu'il
n'en ait que la moindre partie ; son exté-
rieur est en édification , & sa fausse piété
en peut allumer de véritable: Mais le libertin n'a ni le dedans, ni le dehors ; il offense
Dieu , il scandalise le prochain , il ruine le
salut des autres, & le sien propre. J'acheve
donc , en conseillant à nostre devot de ne
rien affecter , de se donner bien de garde
de cacher sa devotion pour satisfaire les
profanes , sous le voile de l'indifférence ;
d'estre exact à frequenter les saintes assemblées ; d'écouter avec attention ; de prier
avec ardeur ; de ne se point dispenser des
actions externes de l'humilité , mais sans
donner excessivement dans les apparences.
Apres cela , qu'il fasse un effort pour s'élever au dessus du jugement des indévots;
Dieu qui voit la sincérité de son cœur le
récompensera , & punira tres-sévérement
ces téméraires juges.

Méditation.

Uelle extravagance de craindre plus
le jugement téméraire des hommes,
que le juste jugement de Dieu! Cependant
mon cœur me reproche ce crime. Combien de fois me suis-je trouvé dans l'inclination de faire le bien , & j'en ay esté em-

pesché par une mauvaise honte ? J'évite
de me faire remarquer par quelque singu-
larité, c'est pourquoy je suis ordinairement
la foule. Combien de fois aurois-je bien
voulu parler de bonnes choses, & nean-
moins, je prestois l'oreille à des conversations, ou vaines, ou criminelles? Non-seulement je leur ay presté l'oreille, mais je
m'y suis mêlé. Combien de fois me suis-
je rencontré avec des profanes, desquels
je haïssois les paroles pleines de profanation ; cependant je les souffrois & les ap-
prouvois par mon silence ? Combien de
fois m'est-il arrivé de condamner inté-
rieurement certaines parties de plaisir,
dans lesquelles cependant je me laissois
engager pour n'oser dire, non : *Malheur à*
toy torrent funeste de la coustume ! Qui peut
avoir assez de force pour te résister ? Ne te séche-
ras-tu jamais ? Jusques à quand entraîneras-
tu les enfans d'Eve dans cette vaste & si péril-
leuse mer, dont à peine se peuvent sauver ceux
mesmes qui la passent sur le bois de la croix de
Iesus Christ ? Helas, mon ame, si tu suis la
foule, tu périras avec la foule ; pour aller
aux enfers en compagnie, tu n'en seras pas
moins damnée ; la société & la multitude
de ces mal-heureux ne diminuë pas leurs
peines : Ne cherche donc point l'approba-
tion & la loüange des hommes aux dépens
de

de ton salut & de ta conscience; c'est acheter trop cher du vent & de la fumée. Que
t'importe ce que les hommes jugent de
toy, pourvû que Dieu qui voit ton inté-
rieur en juge bien ? Dans le monde, les
crimes remportent les récompenses, & les
vices d'éclat les loüanges ; mais console-
toy, dans l'assurance qu'un autre siécle viendra, dans lequel on rendra à chacun ce qui luy est dû. Alors les jugemens
téméraires des hommes seront cassez par
le jugement de Dieu. Le Seigneur Jesus-
Christ te confessera devant son Pere & devant ses Anges ; il te dira, entre bon serviteur & fidéle, entre en la joye de ton
Seigneur. Il redarguera en la presence des
cieux & de la terre, des hommes & des
Anges, ces téméraires qui violent tous les
jours ce commandement d'équité, *Ne ju-*
geʒ point, afin que vous ne soyeʒ point jugeʒ.
Cherche donc, ô mon ame, cherche d'ê-
tre approuvée de Dieu ; chemine devant
luy & sois entiere; ne sois point esclave de
la coûtume ; ne te conformes point aux
manieres de ce mauvais monde; pense continuellement à celuy, sous les yeux duquel
tu chemines, & qui doit estre le rému-
nérateur de tes travaux, ou le vangeur de
tes offenses ; éloigne-toy de la societé des
profanes, afin que tu ne sois pas infectée

de leur contagion ; & puis que tu ne fçaurois vaincre leurs mauvaifes habitudes par
tés bons exemples, crains que leurs mauvais exemples ne furmontent tes bonnes
habitudes.

Priere.

HElas, mon Dieu, mon Sauveur &
mon Redempteur, vien à mon ayde;
le torrent m'emporte, le fil de l'eau me gagne : Je nâge, je fais des efforts, mais je def-
cends toûjours, & je m'engage de plus en
plus dans le fleuve de la corruption qui
court dans le monde : Je condamne la vanité des paroles & des actions, & les mauvaifes coûtumes éloignées de la modeftie,
de la fimplicité, de la fobriété & de la pureté chrétienne ; cependant, je m'y laiffe
aller. Prens-moy par la main droite, ô
Seigneur Jefus mon Ange conducteur, con-
duy-moy par ton bon Efprit, dans le chemin afpre & difficile, commé dans un pâys
uny. Le monde eft une dangereufe mer,
elle eft toûjours battuë d'orages, & l'on n'y
voit jamais de calme : Elle eft pleine de
bancs & de rochers fameux par une quan-
tité prodigieufe de naufrages. O Seigneur
Jefus, fois mon pilote ; S. Efprit, fois mon
étoille du Nort en cette périlleufe naviga-

tion, afin que je sorte de tant d'abîmes qui ouvrent continuellement leur gueule béante sur moy ; éclaire-moy dans cette sombre nuit, afin que je ne m'égare pas, & que laissant à part les sentiers détournez des mondains si battus & si fréquentez, je chemine dans la voye royale, quelque deserte que je l'apperçoive : que je marche dans les chemins de la pieté, de la justice, & de la dévotion, lesquels tu nous as marquez, & que par ces routes salutaires, je m'avance continuellement, en laissant le monde & le peché derriere moy : Je tende en avant en tendant au but, à sçavoir au prix auquel tu m'as appellé des cieux. O mon Dieu, fais que j'arrive enfin à ce lieu bien-heureux ; à ce port, où je dois estre à l'abry de toutes les tempestes ; à ce ciel, où je verray ta face en justice, où je seray rassasié de ta ressemblance, où je te verray sans fin, où je te possederay sans dégoust, & où je seray heureux éternellement.

F I N

INVE

D 2

www.ingramcontent.com/pod-product-compliance
Lightning Source LLC
Chambersburg PA
CBHW061451030726
47503CB00005B/1662